そして、信長を極めよう！

天美大河

郁朋社

そして、信長を極めよう！／目次

装丁／根本比奈子

そして、
信長を極めよう！

信長と信秀

織田信長とその父である織田信秀との関係は、前著（『さあ、信長を語ろう！』）の大きなテーマであり、信長が父の影響により（反発を含めて）培ったものと、そうでないものについて、大いに語った。

振り返って見れば、生涯現実的な行動をとり続けた織田信秀に対して、織田信長の行動の核は自身の心の内面から派生する創造的なものであった。


信長は桶狭間の戦いでの奇跡的な勝利の後、長年の苦戦を経て、宿願となっていた隣国美濃を尾張とともに平定することに成功した。

稲葉山城を我が物として手に入れ、一帯を岐阜と改名。

新たな居館も構築した。


そこでは、もうこの世には居ない父織田信秀が、信長の夢に現れた。

「吉法やようやった！

美濃はわしも欲しかったが、ついぞ手に入れることはできなかった国じゃ。これからどんどん世の中が広がり、わくわくするばかりじゃのう！」

父信秀は満面の笑みであったが、意外にも当の信長の表情は、さほどすっきりとしたものではなかった。

信長が答えた。

「父上……。

まだ見えんのじゃ。

天下布武という言葉はあるのだが……。

京に上洛せんといかんことは分かっておるが、そのまま京に居り続けるのか？

京をそのままにしておくのか？

もし京を変えていくのであれば、どう変えていくのか？

さらにその先をどうやっていくのか？

全く、まだ何も決まっておらんのだ……」

自分の頭の中で、何かの形が見えるまでは動かないタイプの人間である織田信長は、この時期、躊《ちゅう》躇《ちょ》していたのである。

さて、それにしても、美濃攻略には時間を要した。
信長にとって思いのほか難題だった。
本著では、まず、その美濃攻略を振り返っていくこととする。

美濃

桶狭間の戦いに劇的な勝利を収めた信長であったが、その後、尾張国内のみに目を向けておればよい状況であったかというと、決してそうではなかった。

最も懸念となるのは、北の隣国である美濃の国の存在であった。

信長の義父でもある国主斎藤道三を討ち、当時美濃を制圧していた道三の子、斎藤義龍《よしたつ》（実父は道三ではなく、土岐頼芸《ときよりあき》という説、噂もあった）であったが、室町幕府第十三代将軍足利義輝からの覚えもめでたく、一五五九年（永禄二年）には幕府相伴衆《しょうばんしゅう》として認められ、自ら足利氏一門である一《いっ》色《しき》氏を称し、一五六一年（永禄四年）に左京大夫に任じられ、一色左京大夫となっていた。

「親を討ち取ることによって得られた家督じゃ。斎藤家として、ではなく、足利の一門としてこの国を治めていく他に道はない……」

と、義龍は考えていたであろう。

信長の父織田信秀と義龍の父斎藤道三の時代、もちろん尾張と美濃は隣国のライバルであったが、互いに明確に相手を殲滅《せんめつ》までさせようとする意思（および明確な実力差）はなく、また前著でも述べたように、織田信秀という人物は基本的には徹底的な現状容認（肯定）主義者であり、「絶対に道三を滅ぼす」という発想には至らなかった。

特に、道三に一度手痛い敗戦を喫してからは、「道三とはともに対峙しながらに、尾張を上手く統治する」という考えに転じていった。

対する斎藤道三の方も、国内の統治に明け暮れる終生であったこともあり、尾張を侵略するというまでの発想はなかった。

その結果、両国の関係は、信秀の子信長と道三の娘帰蝶（濃姫）の婚儀として収束されていく関係となった。

しかし、道三と信秀の子供たち（義龍、信長）の世代の考えは異なっていた。

特に斎藤義龍は、明らかに信長の命を狙っていた。

義龍は一五五九年（永禄二年）に信長が八十人程度の少数の家来と上洛した折に、小池吉内《きちない》等数十人の刺客を送り、鉄砲での信長の暗殺を企てている。

これは、たまたま信長の遠縁の者に発覚することになり、未遂に終わった。

信長は自らがその威力に着目し、収集しようとしていた鉄砲により、その身に危機が迫っていた。

運が悪ければ、桶狭間での躍進の前年に、信長は歴史の闇に消え去る可能性もあったのである。

ちなみに、さらに後の一五七〇年（元亀元年）、信長は朝倉攻めで浅井長政の寝返りに遭い、京に撤退したが、さらに京から岐阜に帰還する折にも、杉谷善住坊《すぎたにぜんじゅぼう》という者に鉄砲で狙撃されたという。

この時もわずかに狙いは外れ、信長は一命を取り留めた。

そして本能寺の変においては、家臣を徹底的に機能化することにより天下統一を目の前にしておきながら、その家臣の一人である明智光秀の謀反により、その機能化された信長が生み出した一家臣軍団は、トップの信長への暗殺集団となってしまった。

これらの事実から見れば、信長は常に歴史における武具、兵器の危険性と可能性の狭間をすり抜けてきた人物と言える。

話を戻すが、斎藤義龍においては、信長との共存という発想はなかった。

それが義龍の基本的な立ち位置であったと想像できる。

先ほど述べたように、斎藤義龍は自ら、足利氏一門である一色氏と称していたほど、親幕府の態度を鮮明にしていた。

信長の上洛が将軍足利義輝との謁見が大きな目的であった以上、義龍にとって信長は相当目障りな存在であったことも想像に難くない。

義龍から見れば、この基本となる立ち位置からも、信長との対決は避けて通れないものとなっていったのである。

一方、斎藤義龍に対峙する立場の、この頃の信長の心境についても考えてみたい。

義龍との争いの時期は、信長にとって最も困難な状況であった家督争い、そして尾張国内での覇権争いを何とか制し、さらに絶体絶命のピンチである今川軍の進軍を奇跡的な勝利できり抜ける前後の時期である。

おそらく、今川軍の進軍があと少し（数年とは言わず、場合によっては数ヶ月でも）早ければ、信長は亡き者とされていたであろう。

信長にとっては「今生きていること」さえが奇跡であった。

ということは、この頃の信長は、まだまだ本格的に美濃を攻略、ましてや自らが天下を治めるまでを考える時期ではなかったと思われるのである。

義龍から命を狙われることもあっても、それのみで直ちに過剰に対抗する余裕までもなかった時期であったと思われる。

「すぐには無理であろうが、やがて美濃を手中に入れて、尾張と美濃を支配する」というのが、この頃の信長が心に描いた絵図であったと思われる。


他方、斎藤義龍はさらに意気盛んであったと思われる。

「道三を討ち取ることによって得られた家督じゃ。道三の（義理の）息子も成敗しなければ筋が立たないだろう」

そう義龍は決心したと思われるが、それもつかの間……。


大きな運命の分岐が訪れる。


その斎藤義龍であるが、一五六一年（永禄四年）五月十一日に急死した。享年三十五であったという。

急遽、義龍の子龍興《たつおき》が十三歳で家督を継ぐこととなった。


後の時代における、武田信玄、上杉謙信が典型例となるが、信長は生涯、天運を得たかのように、強力なライバルが突然亡くなることにより戦線を好転させる歴史を繰り返すことになる。

振り返れば、駿河の太原雪斎、越前の朝倉教景《のりかげ》（宗滴《そうてき》）、そしてこの斎藤義龍。

そして右に述べた武田信玄、上杉謙信であるが、その二人の前にも毛利元就《もとなり》が亡くなっている。

これらのうちの一人でもさらに数年存命していれば、歴史の流れは大きく（信長に不利に）変わった可能性が高い。

とにかく、まず美濃においては斎藤義龍が突然居なくなった。

美濃の家臣団は動揺し、信長の侵攻を受け戦死する者もあり、戦況は斎藤家に次第に不利になっていった。

まさに歴史の大きな流れから見れば、天運が信長を美濃統一に導いているようであった。

後の天下統一の時期、経過という時間軸だけを中心に考えれば、斎藤義龍亡き後に信長は、もう少し美濃攻略を早めておくべきであったとも思われる。

美濃稲葉山城の攻略は六年後の一五六七年（永禄十年）のことである。

この美濃の攻略に時間がかかったことからは、もちろん守りに強い美濃の地勢や屈強な武将たちの存在が要因として考えられるが、それと同時に当時の信長の内面を推測すると、一般的には意外であるが、彼の保守的な一面を覗くことができる。

前著で信長の戦略について、「自分に都合のよい事象はそのまま温存し、自分の意にそぐわぬ事象を徹底的に変革、必要であれば破壊することに重きを置き、現実はその結果としての新しい産物という姿になった。いわば部分的差別的現実変革主義者である」と表現した。
また幼少の信長についても、事実上の城主であったことから、
「『今、既に那古野《なごや》においてわしは一番の身分であるから、このままでもよい』という妙な現状肯定型の感情を育んでいくことにもなった。
この頃から自分が守るのは直接の人間関係でもなく伝統でもなく、自分を中心とした城主としての『この体制や領地に他ならない』という気持ちがこの後永年に至るまで続いていく」とも表現したが、織田信長は内面に実は極めて濃厚な保守性も同時に維持していたと思われるのである。

総じて、この美濃攻略の頃の信長は、性急に天下を狙っていた訳ではないということである。

この現状維持、容認の時期が、一見、後の天下統一へのスタートを遅らせたようには見えるが、経時的には負の一面を抱えたように見えるが、その反面、浅井長政との一時良好な関係を築き、羽柴秀吉等の新興の織田家臣団を養育し、明智光秀、細川藤孝という後に有能な家臣となる者に出会うという、天下取りに必要な人脈を醸成する期間が与えられ、やがて自身からではなく、次期将軍足利義昭側からの接近を招き、ごく自然な形で上洛するという歴史の展開を迎えることになる。

そして結果的に時間を稼いだことが、先に述べた武田信玄、上杉謙信等のライバルと真正面から戦うことを避けることとなり、信長は緒戦を戦っただけで、天運を得たかのように、強力なライバルは

突然亡くなり、戦線を好転させることとなる。

（その謙信や信玄と対峙していた北条氏康も毛利元就同様、元亀二年に謙信や信玄に先だって亡くなっている）

まさにライバルとなる実力者の急逝に関しては、明らかな天運を得ていると言える。

そもそも斎藤義龍が健在であれば、信長の美濃の攻略はさらに時間を要した可能性も考えられる。極端な推論であるが、この状況では、場合によっては信長の上洛の好機さえ、歴史には現れなかったかもしれない。

斎藤義龍は、道三に勝るとも劣らない武将としての資質を有していた可能性が高く、信長も後年の斎藤龍興攻めの時のように、漸進的に美濃へ攻め入ることが難しかったかもしれない。

人の寿命を含めた時間に関する要因が、信長が築く天下取りの歴史に、大きく影響を与えたものと思われる。


そしてもう一人、斎藤義龍同様、美濃の武士で信長の歴史を変えた可能性がある人物がいる。

竹中重治（竹中半兵衛）である。

後には秀吉の名参謀となる重治であるが、彼は関ヶ原に近い不破の郡《こおり》菩提山《ぼだいさん》城の城主であった。

一五六四年（永禄七年）二月、竹中重治がわずか十六人の手勢で、稲葉山城を一日で主君の斎藤龍興から奪い取った話はあまりにも有名である。

結論から言えば、竹中重治は信長のことをよく知り、信長の人格構造も見抜いていたと思われる。信長の直参に取り立てられることを固辞して、六度断った後に、結局秀吉の配下に入ったという逸話については、秀吉を美化する後年の創作である可能性が高いが、重治が信長の特性をよく見抜き、また直接信長の支配下に入る選択に否定的であったことは間違いがないであろう。

このことの一つの要因としては、重治の義父が安藤守就《もりなり》であったことも大きかったと思われる。

前著でも書いたが、安藤守就は直に信長に会い、そして、信長の他の武将にない戦い方も目の当たりにしている。

そこで、もう一度その戦い、守就が見た「村木砦の戦い」をふり返ってみたい。

一五五四年（天文二十三年）一月にあった村木砦の戦いにおいて、織田信長から同盟者として今川軍との戦いの援軍を求められた斎藤道三は、要請に応じて安藤守就以下千人を派兵した。

この時道三は、安藤守就に戦況を報告するように命令したという。

同月二十日、信長の求めに応じた美濃軍が尾張の那古野城下に布陣した。

「安藤殿、よくぞ来てくれた」と、信長は礼を述べ、安藤等《ら》を迎え入れた。

ところが、いざ出陣予定の前日、家臣の林秀貞《ひでさだ》、林通具《みちとも》の兄弟は、安藤等との連合にどうしても納得できず、陣中から去ってしまった。

他の家老たちも狼狽したが、「かまわん。いかんやつは放っておけ！　ついてくる者はこい！」と信長は全く気にせず、予定通りに出陣した。

二十一日、織田軍は熱田湊に宿泊した。

当時は大高、鳴海、沓掛《くつかけ》の各城が今川軍の支配下であったので、最短の移動には海路を選択する必要があった。

翌二十二日、非常な強風であった。船頭や水夫は船を出すことに抵抗した。

しかし信長は、「これは源義経と梶原景時が言い争った時と同じじゃ。われ等は強風での航海も存分に鍛錬しておる。早く船を出せ！」と無理に船頭に船を出させた。

結局信長は海路、知多半島西岸に無事に着くことに成功した。

そしてそこで水野氏とともに布陣した。

二十四日の朝、「出陣！」と信長はいよいよ出陣し村木砦に攻撃を開始した。

砦の構造は、北は要害で攻めにくく、東西には門があり、そして南には甕《かめ》型の大きな堀があった。

これに対して織田軍は、東から水野忠分《ただわけ》、西から織田信光、そして何と信長は堀のある南から攻撃をかけたのである。

「鉄砲を途切れずに撃っていくのじゃ！」

信長軍は砦にあった三つの狭間を奪い、鉄砲隊を配備し、鉄砲の取替えにより効率的に発砲し、その間隙をついて堀を登り、城への侵入に成功した。

想定外の織田軍の多方面からの猛攻の前に、今川方はもちきれず、激闘の結果ついに降伏した。織田方にも多数の死傷者が出たとのことである。

勝ち戦さであったが、那古野城を留守にして出陣している信長は、長居をすることができなかった。「水野殿、某は那古野に戻るゆえ、後は頼む」と後の戦後処理を水野氏に託し、砦を後にした。

翌二十五日、信長は今川方に寝返った寺本城へ軍勢を派遣して城下に放火し、今川方から陸路を完全に奪回し、那古野城に帰還した。

信長は城内に戻った。

そして、「今回、貴殿の守りのおかげで今川討伐に出向くことができた。まことに御礼もうしあげる」と安藤に手厚く礼を述べた。

数日後には、安藤等も無事美濃に帰還した。

安藤より戦いの報告を受けた道三は、「すさまじき男、隣には……」と感嘆を極めたということである。

この村木砦の戦いには信長の新しい戦術が凝縮されている。

狭間を利用して鉄砲の発射を安定させ、鉄砲の交換により連続射撃を可能にするという後の長篠の戦いでの大勝利を予感させる戦術、義経を髣髴させる奇襲戦法、堀を越えての攻撃という予想されない方面からの攻撃、居城の那古野を隣国美濃の援軍に守らせる等、いずれもこれまでの合戦の常識をことごとく覆す戦法のオンパレードであった。

以上が村木砦の戦いである。

竹中重治には、この信長の村木砦の戦いについても詳細に、舅の安藤守就から伝わっていたであろう。

戦術家としての竹中重治は、信長の行軍を分析していた。

そして彼は、さらに信長の上を行く戦術も身につけていた。

一五六一年（永禄四年）七月に信長が美濃に侵攻した折、竹中重治の伏兵戦術により斎藤勢は織田勢を破ったという。

竹中重治の「十面埋伏《じゅうめんまいふく》の陣」というものである。

信長は自身の美濃攻めを竹中重治に防がれた経験があり、重治の才能を買っていたと思われる。

家臣に迎えたかったことは事実であろう。

また、信長にとっては敵方の美濃の武将である竹中重治であるが、
信長には一度自分から寝返った林秀貞や柴田勝家でさえ許し、その上で使いこなせている自信もあった。

「竹中も駒として使えば、そのように動いてくれる」というまでの自信が、信長にはあったであろう。

しかし、この信長の見方、行動には落し穴がある。

信長は家臣の心理を一律に同様に判断してしまっており、ここでは、他人の心理を個別に読むこと

ができないという、信長の心理分析に関する弱点が現れている。

後の光秀の心を読めず本能寺の変を招いた信長の特性が、ここにも、現れていると思われるのである。

一方、竹中重治の立場から言えば、信長から「駒のように見られる」ことこそが自ら最も忌むべきものであり、自らの将来の不遇にも繋がることを見抜いていたのである。

重治は、信長の戦術家としての資質を評価するとともに、信長の人格面の分析も同時に行っていたものと思われる。

重治は信長の巧みな戦術面においては共感した可能性も高いと思われるが、彼には人生哲学があり、「人としての生き方」を重んずる重治にとっては、信長の人格を主君としてそのまま受け入れることはできなかったと思われる。

結論として、「信長殿は龍興殿と同じく、自らが直接仕え、上に奉るべき存在ではない」と判断したのであろう。

繰り返すが、信長は、「人を一つの人格として個別に視る」ということが難しかった。

そして、竹中重治の個人としての潜在的な陰性の感情にも、特に注意することはなかった。

このことは後の浅井長政、荒木村重、そして最終的には明智光秀の裏切り、謀反を見抜けなかったという、信長の人物評価における盲点に繋がるものであると思われる。

一方、竹中重治は、人の個性をよく見ていた。

後の時代の黒田孝高《よしたか》（官兵衛）の息子松寿丸（長政）を匿って命を救ったことに関わるエピソードが、重治が信長や他の武将の人物像をよく見抜いていたことを物語っている。

一五七八年（天正六年）、信長に謀反を起こした荒木村重に対して、秀吉参謀の黒田孝高が、村重に反意を思い直すように説得する為有岡城に派遣されたが、村重は孝高の説得を拒み、その結果、黒田孝高は城内に幽閉されてしまった。信長は、城内から孝高が出てこないことで、荒木同様黒田孝高も自分に謀反の意を示したと誤って解釈し、孝高の嫡男松寿丸の殺害を秀吉に命じてしまった。しかし竹中重治は秀吉に偽の首を授け、松寿丸の命を助けた。

結果、重治は、城内から解放され信長の前で自らの疑念を晴らした黒田孝高からはもちろん、そして元々の疑念を示した信長からも、感謝されることになるのである。

信長はそこを間違って疑ってしまったのであるが、重治は、黒田孝高が信長を裏切って荒木村重に寝返るようなことは決してしない人物であるということが分かっており、ましてや、子の松寿丸や黒田家の家中の者を有岡城外に残したままの状態では、尚更そのことは疑いの余地がないと確信していた。

また、この頃の信長が家臣を信用するようなスタンスは取らず、極めて短絡的な命令に及ぶ傾向が見られたこと、さらにつけ加えなければならないことは、逆に家臣が自分の命令に従わないことがあっても、功績を挙げた場合はそれに関しては不問に付す傾向が見られたこと、それらをすべて見抜いた上での行動であったと思われる。

それより前の織田軍の加賀国対上杉の進攻の折、実際、羽柴秀吉が柴田勝家の配下に入ることを拒み、信長の命令を無視して長浜に戻ったが、信長はトータルとしては、秀吉の行動を不問に付して容認したのであった。

この信長の一連の行動についても、重治はよく見ていたものと思われる。

要するに、竹中重治が信長の隙を見つけ、それを見事に実証、実践した。

そして歴史的には、それを秀吉に、〝目に見えない財産〟として伝授したということである。

この竹中重治のことを含めても、総じて言えば、美濃攻略の時期は信長における自身の戦略と新しい家臣団との関係をおおいに熟成させる期間となった。

このことにより、信長は天下取りにおいても、天運を引き寄せることとなるのである。

岐阜城

一五六七年（永禄十年）八月、美濃三人衆（稲葉良通《よしみち》、安藤守就、氏家直元）が信長に寝返ることになり、信長は稲葉山城を総攻撃する。

難攻不落の稲葉山城であったが、同城を知り尽くしていた美濃衆等の情報もあったであろうが、当時猟師であった堀尾茂助に密かな進撃路を伝授されたことも大きかったという。

八月十五日斎藤勢は遂に降伏。斎藤龍興は伊勢長島に逃亡した。

信長は井之口の地を岐阜と改名し、有名な「天下布武」を印文にして宣言したという。

先にも述べたが、桶狭間の戦いから七年を要している。

その功罪についても既に挙げたが、天下統一の時間的観点からは、少し時間がかかり過ぎたように感じる。

それと同時に戦略的には、信長にとってこの美濃攻略の時期は、父信秀的な戦略に終始していたようにも感じる。

「決して機は焦らず、気がついたときに自分が優位に立っていればよい」という、信秀ならではの、成功の果実を確実にわがものとする方法である。


そして、本著の冒頭に戻る。

稲葉山城に入った信長の心に、京の都の風景が入り込んできた。

信長の心の風景の絵図が変わり始めたのである。

ただ、まだ戦略的に京をどう扱うかが、自分には見えない信長であった。


そこに、入京するにおいて絶好の駒と言える人物、貴人が舞い込んできた。

後の第十五代室町幕府将軍になる、足利義昭である。

信長は、まず将軍足利義昭を奉じて共に上洛するという大義名分から、京の統治を手探りで模索することになるのである。

上洛

「でかしたぞ！　吉法や。

おぬしはついに、次期将軍を掲げて京に上ろうとするのか！

こんなことは、わしにはできなかったことじゃ！」

夢の中で織田信秀は興奮しており、信長を褒めちぎった。

伝統的権威に一目置くことについては、信秀は信長に手本を見せた存在であった。

織田信秀は、まず第十三代室町幕府将軍足利義輝に拝謁し、尾張での自らの活動の正当性を承認してもらうことに成功した。

そして信秀は一五四一年（天文十年）、伊勢神宮遷宮の際には銭七百貫文および材木一式を朝廷に奉納しその年より三河守として任じられた。

一五四三年（天文十二年）には朝廷に平手政秀を遣いにやり、内裏の修繕のために四千貫文を献上した。

将軍により認められた武将としての働きの正当性や、朝廷より得られた官位により、尾張での戦国大名としての地位を固めていった。

信長も足利義輝に拝謁していたが、今度はいよいよ義輝の弟足利義昭を掲げて上洛を果たす番となった。

美濃統一直後から、京の都の統治に関しては悩んでいた信長であったが、こと上洛に関しては、戦国大名として岐阜に入る前からも考えていたことであり、夢の中で信長は久しぶりに上機嫌で信秀に語った。

「その後（上洛の後）は、まだよく分からんがな……。とにかく、上洛して、そのうち、帝にもお会いしようと思っている」

それを聞いた信秀は、さらに顔を紅潮させて喜んだ。

「それこそ、まことによい事じゃ！　楽しみにしておるぞ。吉法！」

笑みを浮かべながら信秀は夢から去っていった。

一五六八年（永禄十一年）七月、足利義昭は一乗谷の朝倉義景のもとを出立し、明智光秀の迎えを受けて美濃の立政寺《りゅうしょうじ》で信長と初対面した。

信長は亡き父信秀同様に、将軍に手厚く振る舞い、銭や武具、馬、縮緬《ちりめん》などのおびただしい金品を義昭に献上し、迎えたという。

この時の明智光秀の気持ちを慮《おもんぱか》りたい。

おそらく光秀は、朝倉義景と織田信長の、次期将軍足利義昭への歴然たる対応の差を痛感したことであろう。

様々な事情はあったであろうが、朝倉義景は義昭の上洛の要請にも全く応ずることはなく、極めて現実的、静観的な対応を繰り返してきた。信長とは真逆の対応である。

自信家の一面もあったと思われる明智光秀は、それこそ前に述べた竹中重治とは正反対の発想を抱いたと考えられる。

つまり、光秀は信長のことを、「この方は、わが人生が天下の政道に重なる為に現れた、自分にとって希望の人物」と捉えたであろう。

光秀の心中では、義昭の将軍としての権威が高まるにつれ、信長とともに、自身の立場も日本の国を動かせるほどに高まっていくという希望に溢れたものと思われる。


そして信長軍は、浅井長政の同盟軍を加え、何万にもおよぶ大軍勢を整え、永禄十一年九月、遂に上洛の途についた。

途中、南近江の六角氏も織田軍の猛攻には何の抵抗もできず、観音寺城や諸城を開け渡し、三好衆も信長軍の勢いを恐れ、何もできずに京から退いた。

わずか一月足らずで洛中を完全に制圧してしまったのである。

「こんなものか……」

やってみれば、何のこともない。

信長もあきれるほどの成果であった。


この段階での、足利義昭の上洛要請に応じた信長の心中を考えてみたい。

目の前の足利義昭のことは別にしても、義昭の兄である将軍義輝には自ら拝謁に上洛しており、義輝を亡き者にした三好衆等を討つこと自体は、十分に明確な動機として考えられる。

一五五九年（永禄二年）、信長は足利義輝に拝謁する為に上京している。

尾張統一の前、尾張守護斯波《しば》家（武衛《ぶえい》家）の邸宅を改修した館に寓していた義輝を訪ねたという。

父信秀の時代から、尾張からの支援を続けていたのであろう。

足利義輝を奉った武将として、その血筋を引く弟の義昭を旗印に上洛するということは理解し易い行動である。

従ってこの最初の上洛の動機としては、早速の本格的な天下布武の実現（具体的には京の統治）まではいかずとも、この動機（将軍家への支援を続ける。義輝の仇を討つ）からだけでも考えられる。

信長は、伝統的権威を利用するという点では、父信秀の政策を受け継いでおり、将軍擁立という行動には出易かったものと思われる。

信長は将軍足利義輝に直に拝謁したことを思い出した。

「義輝殿は公方に相応しい方であった……」

結果、信長の武力を認めざるを得ない（実は浅井氏が同調して大軍になったことが大きな要因であるが……）多くの勢力も、四国に退いた三好衆のように逃げるか、松永久秀のように主君を変え、信長に臣従するかのどちらかであり、結果的、現象的には畿内での天下布武は、この示威行動だけであっさりと成し遂げてしまった。

しかし、信長の心中では、一大決心を伴うような大それた行軍ではなく、統治面からもまだまだ本格的な天下布武とまではいかない印象であったかもしれない。


一方、信長の心中とは異なり、次期将軍である足利義昭は、上洛のすべてを、自らの念願が遂に成就した果報と受けとった。

「遂に三好等の居ない、室町将軍の世を復活させたのじゃ！」

義昭は信長以上に上洛の成功を喜んだ。

上洛の成功を、信長は自軍の示威が認められた結果と判断したが（浅井氏の力を重視しなかったことが後の浅井氏の寝返りを呼び起こす一因となったとも思われるが……）、新将軍としての義昭はただそれだけを認める訳にもいかなかった。

自らの将軍の権威が認められた成果として受けとめたかった。

また、義昭はそのことにこだわり過ぎてしまった。


早速間もなく、義昭と信長の間に亀裂を生じさせる出来事が起こってしまうのである。

まず、同年十月十八日、信長の意向も受けた細川藤孝、明智光秀の朝廷への奔走もあり、足利義昭は正式に第十五代室町幕府将軍に任じられた。


その義昭であるが、将軍に就任するやいなや、能の興行を行いたいと希望したという。

義昭の境地としては、まさにこの世の絶頂の思いであったたであろう。

これに対し信長は、先に述べた(統治を優先させたい)心理もあったと思われ、能の興行などには全く乗り気でなかった。


結局、義昭の強い要望により、能の興行自体は行われた。

その興行の場で義昭は、能の演目を極力減らそうとするなどして、傍らに厳しい顔で佇んでいた信長を見た。

そして、やってはいけないことを義昭は行ってしまう。

義昭は、「信長殿、是非そなたも鼓を打たれよ！」と、信長に自ら鼓を打つように勧めたという。

そして、信長に管領か副将軍のどちらかの任に応じるようにも求めたという。

この義昭の一連の行動は瞬時に信長に痛烈な不快感を呼び起こしたものと思われる。

信長は、義昭からという形をとらず、能を演じた観世大夫一座の者に自ら引出物を与えたという。

義昭の（管領か副将軍になるようにという）要請については、敢えて受け入れなかったのである。

その後、「領国の関所を廃する」との下知を布告した。

日を改め、「堺、大津、草津に代官を置く」ことを義昭、朝廷に認めてもらったという。

そして「わが城に戻るぞ！」と、信長は岐阜に帰還することを宣言したという。

数日後にはもう、居城のある岐阜に戻ってしまった。

前著でも記したが、若い頃から事実上の城主であった信長は、たとえ誰であろうとも、他者から「強いられる」ことを最も強く拒む反射的、生理的な特質を持っていたのである。

これは相手が将軍、天皇であっても生涯変わることはなかった。

そして一方、将軍側の立場からこの義昭の一連の行動を見ると、室町将軍のＤＮＡも初代足利尊氏から十五代まで繋ぎ、二百年以上の時が流れると、その色彩は変わっていくのかと感じてしまう。

筆者の拙著『元祖日本のリーダー　足利尊氏』で描かれる足利尊氏のような将軍であれば、

「とりあえず、三好等を追い出してくれたのじゃ。それでよかろう」「信長にその気が無いなら、また信長の代わりを見つければよいことじゃ」などときっと考えたことであろう。

おそらくそこまで信長に執着することは、なかったであろう。

しかし義昭は、初代将軍尊氏のみならず、兄将軍義輝とも性格を異にしており、策略家の面が強かった。

「信長には、思いどおりに動いてもらおう」

上洛するとすぐにそのような危険な展開を考えたのであった。

しかも、自身の策略を隠す為に、感状において信長のことを「御父織田弾正忠殿」と自身の父親であるがごとく記し、変に媚を売ってへりくだるような行為にも出たのである。

信長もおそらく、豪放磊落《らいらく》で大胆な性格の面もあった足利義輝に比べ、その義輝の弟とは思えない、執着的な性格の義昭のような人物とは生理的にも肌が合わず、相性は良くなかったであろう。

また、戦国時代が既に到来していることを考えれば、その時代的観点からも、この義昭の策は自らの立場、身の安全を考える上でも極めて拙いと言わざるを得ない。

兄将軍義輝が三好衆から受けた襲来を自身が信長から受けても、何の不思議もない時代に時は移っている。

自分にとって身の安全が確保されていない信長を手元に置いておけば、やがて自身の命にも係わる下克上を受ける危険性も当然高まる。

信長が一定の敬意を示し、生理的な感性の違いもあって、早々に義昭と距離をとったことは、後に追放ですんだ義昭の結末と無縁ではないとも思われる。


この頃の信長は父信秀と同じように将軍のような伝統的権威に対しては一目置いていた。

ただし、以後の対応に関しては、父信秀とは対照的な展開を見せることとなる。

父の織田信秀も信長と同様、実際に第十三代室町幕府将軍足利義輝には拝謁している。信秀が存命していれば、もちろん義輝と弟義昭の間の性格的な違いはすぐに認識したであろうが、おそらく父信秀であればそのまま義昭を室町将軍として崇め奉ったことであろう。

「情けない将軍もそのまま認めてやればよいのだ」

「自分は将軍の家来のままで、そのまま、天下を操ればそれでよいのじゃ」

信秀ならばそのように考え、実行に移した可能性が高いと思われる。

そして実際、父信秀のような保守的な政策を信長が選択したならば、それはそれでしばらく時代はそのまま流れた可能性も高かったであろう。

当時の状況はそれをすぐさま否定するような状態ではなかった。

当時最も京から近い信長のライバルは、朝倉義景であるが、義景は足利義昭の上洛要請さえも（側近の反対もあり）まともに相手にしておらず、将軍の権威がおちぶれた現状に対しても、それは容認の立場であった。

一乗谷でのまさに「小京都の生活」を実現していた義景にとっては、荒廃した都よりも、目の前の世界の維持が最も魅力的に映っていたであろう。

また現実的には、その朝倉氏の望んだ現状を大きく変える恐れのある勢力も（それこそ信長が現れるまでは）存在していなかった。

実際上洛を企んでいるのも、地の利がある三好衆のような存在ぐらいしかおらず、実力者の武田信玄や上杉謙信もしばらくは上洛を狙えるような状況ではなかった。

また、朝倉義景に関して言えば、実際そのような遠方のライバルたちよりも、最も義景を恐れさせていたのは、隣国の加賀の一向宗勢力の存在であった。

「弱い将軍を擁立させている隙に、本願寺に領地を削り取られやもしれん。

富樫の二の舞いだけはごめんじゃ！」

加賀の一向宗の勢力は守護の富樫氏を攻め滅ぼし、自治を獲得していた。

朝倉義景にとっては、この勢力こそ、最も警戒すべき対象であった。

そのような状況で信長が割って入り、上洛を果たした。

現実には信長は、先に述べた父信秀とは異なる行動に出た。

足利義昭から自らの行動や判断を強いられることには徹底的に反撃を始めたのである。

信長はかなり過敏に反応した。

上洛の翌年、一五六九年（永禄十二年）一月、三好衆等が信長の留守に、京の将軍御所である本圀寺を襲撃した。

信長は雪の中、急ぎ岐阜から出陣し、三好衆等を追い払った。

義昭にとって、再度信長は救世主となった。

しかし信長は、かろうじて義昭を守った明智光秀の軍功を褒めながらも、当の義昭には厳しい態度で迫った。

同年（永禄十二年）同月十四日、信長は、幕臣の家来が信長の許可なく御所に近づいてはいけない等を定めた『殿中御掟九ヶ条』、はや二日後には細則七ヶ条を加えた『殿中御掟十六ヶ条』を定めた。

そして翌年（永禄十三年）一月二十三日には、天下の政治は将軍ではなく信長に任せ、信長の判断で将軍の上意を得ずに成敗までも行うことができること等を定めた『殿中御掟追加五ヶ条』を義昭に認めさせた。

信長にとっては、

「勝手な行動は慎んでいただき、殿中で、わしの思うように動いてもらおう！」

ということである。

竹中重治の時にも述べたが、信長は他者に対する個々の人格分析、心理分析は苦手であった。信長は人を個人として見る能力には欠けており、先記の掟や方策を、無理やりに足利義昭に認めさせようとしたところに、やはり信長が義昭という人物を見る目があったのかについては少し疑問が残る。

義昭は以前の足利義満のように、将軍が実権を握ることを心から願っていたのである。信長の対応は、かえって義昭の個人的な大きな反発を招き、結果的には信長の敵の数を増やすことになったのである。

そして遂に信長は、あくまで形式上はその義昭を上に奉ってのことであるが、旧武家社会では明らかに上位であった朝倉家に上洛要請をかけた。

述べたように、朝倉義景にとっては、とにかく迷惑な話であったであろう。

これ以前にも信長のみならず、足利義昭から直々の上洛要請をも拒んでいた朝倉義景。

当然、一乗谷での栄華も実現していた義景にとっては、現状を容認、継続する以上の選択すべき策などはこの世に存在するはずはなかったのである。

信長の要請に対しては、無視を続けたのである。


京において信長は、義昭を先の殿中の掟によってしばり、自らは岐阜を居城にし続け、木下藤吉郎(秀吉)を代官、京都守護職として置いた。

義昭には幕政を制限し、造営したばかりの二条城に軟禁するがごとくの生活を強要したのである。

当然これを不服とした足利義昭の信長への反発はより強まることとなる。
義昭はついに、諸国の有力大名に「御内書」を送りつけるようになった。
後には義昭から武田信玄への上洛要請を招くこととなる。(このことが、信長が信玄を畿内ならば打ち破れると踏んでの挑発を含んだ行動であれば、それも見事な読みであると言えるであろうが、さすがにそれはないであろう)
さらに残念なことに、信長はことさら信玄に関しては、その心中や意図を推し測ることが苦手であった。

確かに武田信玄は、誰もがその心中を察するのは困難な人物である。

信長は、自身が信玄とは人格構造において、あまりにも異なっており、信玄の心理を推し測ることが全くできなかったのであろう。

よって必然、信長の信玄に対する恐怖心もさらに人一倍強いものになっていくのである。

述べたように、足利義昭は本格的に信長に反旗を翻し始め、対信長の密書を全国の反信長勢力に送りつけることとなる。

この勢力の中には、もちろん、武田、上杉、朝倉、毛利という戦国大名がいたが、比叡山、本願寺といった宗教勢力も含まれていた。

敵の数は一気に増えることとなった。

必然信長は、今までとは異なる勢力との戦いにも巻き込まれていくことにもなる。

すなわち、既存宗教勢力との戦い、対立である。

武田信玄

「信玄は分からん！」

夢の中で信長はもがくように訴え、珍しくすがるように父信秀に聞いた。

「父上、あやつ（信玄）に勝つにはどうすればいいのじゃ？」

信長は夢の中で震えていた。

信秀は珍しく真剣な表情となった。

そして、次々と自分の思いの言葉を繋いだ。

「吉法や、いや、信長となった今だから尚更、改めて申すぞ……」

「信玄には勝とうとしてはいかん」

「いや、むしろ、信玄に勝たせにゃいかん。

信玄に勝たせることで、信玄がどのように勝ちにくるかが見えてくるのじゃ！」

信秀は言葉を次々と繋いで、そしてさらに信玄の心中にまで言及した。

「信玄も実は戦わずしてお主に勝つことを考えているのじゃ……。

それを忘れちゃならんぞ。

とにかく、まずは引き延ばすのじゃ！　吉法、いや、信長！」


はっと、信長は夢から覚めた。

「父上の言うことには一理ある……。

信玄にはいつも、こちらの動きを観察されている気がするのだ……」

信長の顔は青ざめていた。

全身も冷や汗でびっしょりの状態であった。

「まずは対決を引き延ばす同盟は続けるが……。

それにしても分からん！　その先に、どうすればよいかは……」

当時信長は、このような夢をよく見ていた。


信長の恐れた武田信玄であるが、表面上は信長と同盟関係を結んでいた。

その信玄が、一五七二年（元亀三年）、遂に信長の盟友国、三河、遠江《とおとうみ》方面に進攻した。

宣教師ルイス・フロイスによると、この時信玄は「天台座主」と書簡で名乗り、自らを、まさに信長に焼き討ちされた比叡山の代表者でもあると宣言した。

これに対して信長は自らを「第六天魔王信長」と応えたという。

宗教観、仏教観からこの信玄と信長のやりとりについて見てみる。

フロイスの伝える表現を宗教的な観点から見ると、信玄と信長の戦いは、既存の仏教の保護者である信玄とそれを認めない信長の〝代理宗教戦争〟とも捉えることができる。


信玄は同年十二月、徳川家康の領地である浜松方面に進軍。

そして、浜松城をわざと通り過ぎるように無視し、三方ヶ原に進軍した。


信長は、徳川家康および佐久間信盛、滝川一益率いる尾張の援軍に、「武田軍と直接戦わないように」と籠城を求めたという。

しかし史実では、家康は信玄の術中にみごとにはまってしまった。

信玄が浜松城をわざと無視するように通過してしまうと、家康本人が、「武士の面目が立たない。討って出る！」と信玄との決戦を決意したという。

家康は、「わしも桶狭間の信長殿のように、電撃的に勝つ！」と思ったのであろうか。

浜松城から三方ヶ原に討って出たのである。


家康は後方から坂に向かう信玄隊を襲ったが、この行動を予想した武田軍が瞬時に陣形を変えた。

そして徳川方は、ものの見事に武田軍のきり返しにあったという。

家康軍は全軍、木っ端みじんにみごとに打ちのめされた。

この戦いの後、命からがら浜松城に逃げた徳川家康が、脱糞にまで及んだというのはあまりにも有名な話である。


戦況の報告を受けた信長は下を向き、呟いた。

「やっぱりやられたか……」

信長という人間は、武田信玄の強さ、恐さ、自分にない才能については、自分がその詳細が分からないだけに、最も感覚的、本能的に理解を深めていた戦国大名であったと思われる。

「信玄には、直接戦ったら負ける……」

信長は自ら直感的にそのことを悟っていたと思われる。


しかし、その信玄に突如の異変が訪れた。

一五七三年（元亀四年）四月、武田信玄は〝膈《かく》の病〟、つまり上部消化器の悪性腫瘍と思われる疾患により信州で亡くなったという。

何とここに信長の〝事実上の天下布武〟は、戦わずして突然達成されたと同様のものとなった。

信長は不思議な感情に襲われた。

「それにしてもじゃ……。

あの信玄が突然居なくなるとは……。

世の摂理とは、全く露のようなものじゃのう……」

今川義元を桶狭間において劇勝で破った時にはまさにそう感じたと表現したが、信長ほど「真の成功とは、感覚としても、決して快感のみに満ち溢れた体験ではなく、成功が現実化するその時というものは、かえって気味が悪くなるような容易さで静かにもたらされるものである」ことを、何度も追体験した武将はいなかったのではないだろうかと思われる。

信玄が亡くなり、事実上、信長を自軍の武力のみで打ち破れる実力を持った戦国武将は、当座、居なくなった。

あえて言えば越後の上杉謙信の名を挙げることはできるが、謙信は信玄よりさらに遠国の武将であり、意欲と戦略において、直接信長軍を討ちに上洛する可能性は、極めて低いと言わざるを得なかった。

それでも、すべての事象を自身の頭の中からは排除することのない、そういう意味では慎重な性格の信長においては、信玄の病死にも決して浮かれることはなかった。
「次の当主勝頼がどれだけの実力を持っているか、また武田の家臣がこれからどう動くかを見極めなければならない」と頭の中で分析していた。

実際武田勝頼は、信玄の没後の一五七四年（天正二年）、美濃の明智城を織田方から奪うなどの行動をとっている。

決して勝頼は凡庸な武将ではなく、何らかの攻撃を必ずやかけてくるであろう、油断のならない敵将であった。

こと外征に関しては、かえって信玄よりも積極的でさえあった。

武田方へのこのような分析に関して、信長はぬかりがなかった。

一方京においては、一五七三年（元亀四年）の七月、信長は足利義昭を京から追放した。

歴史上、室町幕府はここに終わったとされる。

数年前から、義昭は信長との関係が最悪の状態となり、武田信玄等に反信長の軍を結集するように密書（御内書）を送っていた。

義昭は信玄の上洛により、信長を追放することを狙っていたのである。

対する信長も朝廷との関係を確実に築いており、大義名分、権威としての足利将軍の必要性はほぼ消失していた。

しかも目の前の仇の武田信玄が同年に亡くなったのである。

即刻にその死を確認というわけにはいかなかったであろうが、信長方には数週以内には確実に伝わっていたであろう。

少なくとも信玄が重い病で動けない状態であるという情報は間違いがなかった。

信長から見れば、至極当然の（義昭への）仕置きであると言える。


それでも、信玄の死が確実となるまでは、丁寧な手続きはとった。

前年の一五七二年（元亀三年）九月、義昭に『十七ヶ条の諫状』、諫め書を送り、さらに翌年四月にいったん義昭と和議を結んだ。

そして、義昭が宇治の槇島《まきのしま》城で反旗を掲げるまでは討伐を待ったのである。

反旗に同調するような敵方の脅威は現れず、信長は無事、義昭を追放した。


そして、時代は元亀から天正へと移った。

このように、信長の朝廷への接近により、もはや利用価値はなかった足利義昭と思われるが、前述したように追放ですんだことは、義昭にとってはまだ幸いであっただろう。

また、もはや信玄の上洛が不可能になった時期における槙島城での反旗は、あまりにも拙策と言わざるを得ない。

信長にどう成敗されても仕方のない状況であろう。

将軍に対しては、「命までをとるのは忍びない」と、一定の配慮を示した信長に、保守的な一面を持つ（優しいとまで言える）心の機微を垣間見ることができるのである。

そして信玄のいなくなったこの年に、朝倉義景、浅井長政も信長に討ち取られた。

信長の天下布武、そして天下静謐はまさに確実のものとなった。

長篠の戦い

「万が一にも、もし武田勝頼が信玄に匹敵するような武将であるならば……」

「極めて、拙い……」

信長は浅井、朝倉を討った後も東の状況を考えると憂鬱であった。

武田勝頼が有能な武将であるのは確実であった。

信玄の死によって暫定的に任された家督（勝頼の子の信勝が正式な後継者であったという）であったが、積極的な外征で明智城や高天神城《たかてんじん》を奪い取るなど、信玄にも見られなかった成果を出していた。

もし勝頼が信玄と変わらぬ名将であれば、再び織田、徳川に対しての脅威となることは、一目瞭然であったのである。

「信玄の時のようにはいかぬか。

いつかは戦わねばならぬか……」

信長は東の方を向き、悩み、唇を咬んだ。

一五七五年（天正三年）長篠の戦い。

長篠城は信濃から三河に通じる要所にあったが、家康が信玄没後にこの城を攻め、奥平信昌（貞昌）を城主とさせ守っていた。

そこで、武田軍が動いた。

その長篠城を五月十一日、武田勝頼率いる大軍が包囲したのである。


徳川家康にとっては、一五七二年（元亀三年）の三方ヶ原の戦い以来の武田軍との大戦さであった。

三方ヶ原の戦いでは、武田信玄率いる武田軍は鶴翼の陣で横に広がった徳川軍を、瞬時に向きを変え、魚鱗の陣形に変えることで、押し破り、壊滅させた。

当時、家康軍に籠城を勧めていたという信長は、

「これが風林火山というものか……」

「とにかく、恐ろしい相手じゃ」

と改めて、武田軍の強さを思い知った。

その後武田軍とは、信玄の病死もあり、この年に至るまで直接の大きな戦いは見られていなかったのである。

その信玄のいなくなった年、一五七三年（元亀四年、天正元年）に、朝倉義景、浅井長政も信長に討ち取られた。

信長は最大の東方の憂いである、信玄なき武田軍を討つ機会を窺っていたのである。

長篠城を勝頼率いる武田軍が包囲したことを聞き、遂に信長も数万の大軍を擁して参陣を決意した。


信長が長篠に到着したのが五月十八日。

その後決戦の二十一日までの間に有名な馬防柵を設営したという。


信長にとって、この戦術を採った背景には一五七〇年（元亀元年）六月にあった、浅井、朝倉方との姉川の戦いでの教訓が大きく働いていたと思われる。

そこで、姉川の戦いに少し戻って話してみたい。


姉川の戦いにおいて、織田軍は薄氷の勝利は得たが、自軍の大量の犠牲者を出した。

戦いの序盤、おそらく浅井長政の戦略によるものと思われるが、浅井軍は積極的に織田軍の正面から間合いを詰めて、姉川を渡河、急襲した。

勇敢で、武将としての誉れが高い長政は、的確な指示を出した。

「鉄砲の間合いと時間のゆとりをつぶすのだ！　水しぶきも高くあげろ！」

信長は野戦の基本である、敵襲に応じて陣形を臨機応変に変える戦法自体は苦手で、浅井軍の勢いに圧され、全く反撃することができなかった。

片や、統率力がある浅井長政は、野戦に関しては相当な自信があったものと思われる。結果、織田軍は火器である鉄砲に依存したが、弱点を曝け出す展開となった。

浅井方の積極的な進軍により、その鉄砲隊の弱点を突かれた。

浅井氏は自領内にある、近江の国友の鉄砲鍛冶の仕事を最も近くで見聞きすることができたと思われ、日本の火縄銃における最先端技術、戦術を知る立場にあった。

もちろん、鉄砲の長所、さらには短所についても、信長以上に熟知していたと思われる。

鉄砲が、射撃の間合いがとれないことと、水に濡れることに極めて弱点を持つことは、当然長政の念頭にあったと思われる。


織田軍は備えの十三段のうち十一段を浅井方に打ち抜かれたという。

浅井軍は信長本隊を目指し、猛追していった。

織田軍は明らかに劣勢に追い込まれていった。


一方、徳川軍は酒井忠次等が合戦の開始から奮闘し、数に勝る朝倉軍を追い詰め、さらに家康の重臣である榊原康政が戦意の乏しい朝倉軍の側面を衝き、朝倉軍は潰走を始めた。

この機をついて、徳川軍の援軍で参加していたという稲葉良通（一鉄）が浅井軍の側面を急襲することができた。

そしてさらに、信長の横山城攻めの予備隊にいた氏家直元（卜全）や安藤守就等の美濃衆も機転を利かせて浅井軍を襲ったという。

形勢は逆転した。

川の色が血で赤に染まるほどの激戦であったが、何とか織田徳川軍が勝利を収めることができた。

信長にとっては、かろうじて薄氷の勝利を得たが、はっきり言って自軍だけでは〝負け戦さ〟の展開であった。

「あんなに鉄砲を用意したのに、何と情けない戦さじゃ！」

信長は強く唇を咬んだ。

このように、姉川の戦い自体には美濃衆や三河軍といった尾張以外の同盟者の働きでかろうじて勝つことができたが、その後横山城を手に入れたものの、さらに小谷城を追撃することなどはとてもできなかった。

信長の戦略は思考停止してしまったのである。

「攻め方が分からんのじゃ！　信玄も東に居るし……」

武田信玄を東方に見ながら敵城を攻める戦略を信長は全く持ち合わせていなかったのである。

この姉川の戦いにより、辛勝を収めながら、信長は天下統一への歴史の展開に大きくブレーキをかけることとなったのである。


さらにその年の九月には、弟信治、重臣森可成《よしなり》を、浅井朝倉方の近江坂本宇佐山城への急襲で失うこととなった。

信長にとっては自身の無力と、大事な家臣を失った無念に大きく包まれる結果となったのである。


そして、信玄の死を経て、数年で状況はがらりと変わり、長篠の戦いを迎える。

長篠の戦いにおいては、述べた姉川の戦いで、自軍の鉄砲隊等の戦力が機能しなかったという信長の大いなる反省が反映された戦略をとった。

長篠のあるみ原に流れる連吾《れんご》川を挟んで武田軍と対陣することになった信長であるが、姉川の戦いのことを強く思い出したことであろう。

「鉄砲を使うならば、間合いと時を稼がねば……」

「純然たる野戦はいかん！　砦のようなものを造るのじゃ！

柵と堀、土塁で砦のような陣地を造り、そこに籠もりながら、武田の勢いを削がねばならん！」

信長は過去の反省から次々と具体的な戦略を構築していった。

一方、武田軍の方は、三方ヶ原の戦いでの徳川軍への劇勝はもちろん、強く記憶に残っていたはずである。

勝頼自身も武功を立てたのが三方ヶ原の戦いであった。

武田勝頼の脳裏では勝利の絵図が描かれていたことであろう。

「臨機応変の戦いでは負けることはない」

「野戦に持ちこめば、わが軍が負けることは考えられない」

『甲陽軍艦』では勝頼が、この戦いで戦死することになった馬場信春、内藤昌豊、山県昌景等の制止を押しきってまで、決戦を選択したという。

勝頼に関することであるが、前著で筆者は、優秀な武将の代表として今川義元を挙げ、「雪斎の弟子としても優秀な、海道一の弓取りと言われた今川義元は、雪斎から教えられたすべてを発揮できる有能な人物であった。ただ、有能であるが故に自身の不足を感じることができず、信長を他の戦国武将と同じ動きのなかで捉えてしまった。

このことが歴史的にも稀有な、文字どおり致命的な大敗北を喫する最大の原因になってしまった。この点は同じく後に歴史的大敗北を喫することになった、武田勝頼との大きな類似点でもあった」と述べたが、この長篠の戦いにおいても、勝頼は今川義元同様、〝信長の特殊性〟に着目することは見られなかった。

勝頼の家臣はおそらく、

「あまりにも相手は大軍であり、もし勝ったとしても多くの犠牲者を出すであろう。それに、こちらから先に一気に動くのは信玄公の戦い方ではない」

という理由から強く反対したのであろう。

兵力的には武田軍が一万数千程度であったのに対し、織田徳川軍は四万近い兵力を集めていたという。

兵数には諸説あるが、織田徳川軍が圧倒的に有利であったことは、間違いないであろう。

また、信長と信玄の直接の戦いこそなかったが、信玄が見せた、信長との間での戦う前段階からの駆け引きを見ていた家臣は、信長の他の戦国武将にない特殊性についても感じ、警戒感を強めていた可能性も高い。

「信長はどこか掴みどころがない奴じゃ……。

勝頼公は、頭はよいが、戦う者の命の重みについては、まだまだ認識が不足している……」

馬場、内藤、山県等の家臣はその点については、特に残念に思ったことであろう。


信長の方に話を戻す。

姉川の戦いにおいては鉄砲隊を用いるも、不正確で、また至近距離では相手の斬りこみには圧倒的に不利になるという鉄砲隊の弱点を曝け出す結果になってしまった。

相手の急襲に弱いという、織田軍の受身にまわると弱い野戦での欠点を露呈することとなった。

その中で、不正確な火縄銃の命中率を上げなければならない。

これに有効な策としては、前著および本著〝美濃〟の竹中重治の稿で述べた、「後の長篠の戦いでの大勝利を予感させる戦術」と評した、若き頃の信長の戦いである、村木砦の戦いから学習したものを使った。

その戦いでは、信長軍は砦にあった三つの狭間を奪い、鉄砲隊を配備し、鉄砲の取替えにより効率的に発砲し、その間隙をついて堀を登り、城への侵入に成功した。

狭間を利用して鉄砲の発射を安定させ、鉄砲の交換により連続射撃を可能にするという戦法を採ったのである。

馬防柵や堀、土塁により相手との距離を維持し、木枠で作った銃眼を利用して鉄砲を発射することは、〝姉川での反省〟を活かし、〝村木砦の勝利〟を応用する極めて学習による効果的な戦法であった。

信長の戦術というものは、こうやって見ると、極めて学習的なものが多いと分かる。

（と同時に、前著でも述べたが、「学習的なものが多い」反面、「同じ戦い方をしない」のも信長の特徴であり、大変興味深い点である）

残るは、天候の問題である。

火縄銃を戦力とするこの長篠の戦いでは雨が降ることは極めて拙いことであった。

信長は天候のことも気になった。拙い予測も次々と脳裏をよぎった。

「雨が降ったら、正直、拙い……」

「そうなれば、ひたすら柵の中の陣地で籠もりながら戦う、我慢の戦いになる。

前線の三河（家康）の衆には、誠に申し訳ないことになるだろう……」

「勝つためには、やむを得んが……」


しかし結果、当日、雨は降らなかった。

戦闘は八時間以上にも及んだが、
武田軍は総崩れとなり、織田徳川連合軍の大勝利となった。

以前の今川義元との桶狭間の戦いでは、大豪雨となり、相手に自軍の襲撃を悟られることなく、奇跡の勝利を得た。

そして、今度この長篠の戦いにおいては、逆に雨が降らず、十分に鉄砲の威力を使い、またもや天下分け目の戦で大勝利を得た。

信長は天候において、大いなる天運を引き寄せている人物と言えるであろう。

この戦いに勝利することになり東からの脅威を取り除いた信長は、翌一五七六年（天正四年）二月早々に、憂いなく居城を岐阜城から安土城へ移した。

逆に言えば長篠の戦いの勝利がなければ、まだ京の近くに拠点を置くことさえも難しかったということで、信長の「天下を治める」において極めて大きな戦いであったと言えるのである。

魔王

信長がイエズス会宣教師たちから神の冒涜者とまで、恐れられるような人物に変貌していったことについて考えてみたい。

ある時期から信長の非人道的な行為が増えていくことになる。


私が思うに、やはり最初の大きな転機としては、浅井長政に裏切られた経験が大きかったであろうと思われる。


一五七〇年（元亀元年）四月、信長は朝倉攻めに出陣した。

天筒山《てづつやま》城、そして金ケ崎城を陥落させ、一乗谷の朝倉義景を攻撃する寸前の態勢にあった。

この時信長は予想もしない、驚愕の報を受けることとなる。

「何？　……。長政が余を裏切って攻めてきているだと！」

その報告によると、浅井長政軍が信長の背後をつき、しかも長年の天敵である六角義賢《よしかた》と手を握り、信長軍の退路を断とうとしているとのことであった。

「しかも、六角と一緒に！」

この時の信長の混乱は究極のものであったと思われる。

「想定外のこと」とはこのような事態を指して使う表現であろう。

信長は、「是非に及ばず」。

『信長公記』に有名なこの言葉を発して、電光石火の速さで、ほぼ単身で京に撤退したのであった。

確かに同盟の大前提を考えれば、信長は浅井氏との同盟の成立時、朝倉とは事を起こさないことを約束しており、もしそのような事があり得る場合には必ず浅井方に知らせるべきであった。

その事は明らかに誓約に反する行為であった。

しかしそれにしても、抗議や抵抗のレベルを超えて、自軍に突然襲いかかってくるとなると、これは、明らかに信長の予想を超える展開、寝返り行為であった。

さらに言えば、織田浅井の同盟成立は一五六四年（永禄七年）だが、その時はまだ、美濃は斎藤氏の勢力下でもあったので、社会情勢も信長上洛後とは全く異なるものである。

大義名分として、上洛を果たした信長が、足利将軍の権威の下で朝倉義景に上洛を促し、それに従わない朝倉を討伐するという行動自体は、決して筋違いのものではない。

信長がここまでの寝返りを想定しなかったことにも、理解が及ぶものである。

そこで、事態の解明には、一方の浅井長政の心中や当時の浅井家の体制や状況についても、推し量る必要があると考える。


浅井長政の人生は、生涯様々な重大な決断を迫られるものであった。

浅井家の初代当主、浅井亮政《すけまさ》は京極家に仕える下級武士であったが、主家の京極家を乗っ取る形で北近江の戦国大名となった人物であった。

領地の侍、百姓を、身分を問わず召し抱え、最強の軍隊を形成したという。

その息子が長政の父である久政であった。

久政は亮政とは異なり、深慮はあるが勇猛さには欠けていたようで、家臣も一枚岩の状態には至らず、必然、軍力も一気に低下した。

浅井氏は六角氏との合戦にも敗れ、初代浅井亮政時代に手に入れた領地を奪われてしまった。

結果、六角氏にほぼ臣従することを余儀なくされたのである。

長政自身もしばらく、母（小野殿）とともに六角方の人質になっていたという。

当然家臣には、久政に嫌気がさす者や不満を持つ者も増えていった。

次第に、初代亮政同様の知勇があると期待された長政に、浅井家復興の希望が託されるという現象が見られるようになっていった。

そして遂に、浅井家内で、クーデターのような状況が起こった。

久政に見切りをつけた家臣たちが、久政を琵琶湖の竹生島に追放、幽閉したのである。

久政に隠居し、家督を長政に譲ることを強要した。

このような状況下で長政は、一五六〇年（永禄三年）野良田の戦いにて、十五歳の若さで陣頭指揮をとり、六角軍を見事に打ち破ったという。

これは、家臣の望みどおりの快勝であった。

人（家臣）の期待に応えて見事な結果を残すとは、やはり長政は相当有能な武将であったのだろう。

そして、この後が大事なのであるが、
浅井長政が武田信玄と異なるのは、長政は家督相続後も父久政を厚遇し、再度小谷城に久政を呼び戻したのである。

すなわち、父を追放した信玄とは異なり、長政は浅井家内のブレーン（Brain）として、父久政を残したのである。

これにより浅井家は、武田家とは異なる、政治体制（二頭体制）を構築することとなる。

翌一五六一年（永禄四年）の史料で正式に「浅井長政」となり、家督を受け継いでいる様子からも、長政は最終的にはクーデターではなく、あくまでも久政の承認の下で浅井家の家督を受け継ぐ形になったものと思われる。

この点は大変重要である。

一見異なった意思を持つと思われる浅井久政、長政親子であるが、政策的な核となる意思決定においては、長政の家督継承から小谷城での自刃に至るまで、ずっと一枚岩であり続けたということである。

家督継承以後は順調であった。

六角氏の失政もあり、長政は順調に北近江の勢力確保を確実なものとしていった。

北近江は浅井家、南近江は六角家という均衡状態が以後続いた。

この状況の中で一五六四年（永禄七年）頃、浅井織田同盟が結ばれたのである。

浅井家の家中では、同盟に反対する者もいたが、この時は長政の判断もあり、結局同盟が結ばれることとなったという。

先に述べたように、この時信長は、「朝倉とは事を起こさないこと」を約束しており、「もしそのような事があり得る場合には必ず浅井方に知らせる」ことも確約したと言う。

同盟の際に、有名な、信長の妹のお市の方と長政の婚姻も約束された。

一五六五年（永禄八年）に婚約が成立し、二年後の永禄十年に輿入れとなったという。

信長は大いにこの同盟を喜び、自らお市と長政の婚儀の費用も全額請け負ったという。


元亀元年の信長の朝倉攻めの話に戻す。

織田浅井同盟に関して、信長から見た浅井方の交渉相手であるが、浅井長政だけとの交渉である同盟、およびそれに伴うお市の方との婚儀であれば、信長の「想定外のこと」すなわち、浅井方の寝返りはなかった可能性が高い。

しかし、面《おもて》は浅井長政との交渉であっても、実際は浅井家内のブレーン（Brain）として存在する父久政の存在は常に考えておかなければならなかった。

おそらく信長は、そこまでは考えていなかったであろう。


〝浅井久政の深謀の能力〟も侮ることはできないということである。

この金ヶ崎での信長の状況であるが、確かに浅井軍にとって、信長軍を挟撃するには千載一遇のチャンスである。

深謀遠慮の戦国武将である浅井久政が、同盟の当初から、信長を討つ状況までを想定していたことは、十分に考え得ることである。

それに、元々浅井方から見れば、織田方に大事な人質を誰も差し出さなくてもよい、有利な立場の同盟であった。

破棄をする痛手も、より少ない。

そして、父浅井久政がそうであれば、浅井長政ももちろん、そのことは十分承知していたということである。

むろん、そのことに関しても、必ずしも不思議なことではない。

先に述べた浅井家の政治体制、長政・久政体制の成立の歴史から考えれば、長政と久政の同心の程度は、表に見えるよりも、かなり濃密で一致したものであった可能性が高かったということである。

お市の方や領民を愛した長政の人物像はそのとおりであると思われるのであるが、戦国大名としては、特に政策的には、父との結びつきの強さのことを考える必要があると考えられる。

そして、その浅井長政にも、父久政からの影響を含めて、政治的信条があったものと推察する。

長政の政治判断についても考えてみたい。

長政に関して最も思想的な核になる信条であるが、結局長政は、上洛以後の信長の行動を見て、〝信長的な世界観、歴史展開に対して積極的に否定〟の決断をしたのであろう。

つまりこの世において、これ以上の信長的な革新は望まなかったということである。

美濃を挟んだ局地的な戦略の観点からは、尾張の信長とは同盟を結んでよかった長政であったが、京や全国の統治における、将軍、朝廷との関係、宗教政策に関しては、（父久政とともに）信長の同盟者になることを拒んだということである。


また個人的にも、実際に信長との深い信頼関係も築けなかったことも、大きいかと思われる。

先にも述べたが、足利義昭の上洛が無事に成功したことについては、浅井氏の軍勢の力とさらに六角氏に対する浅井方の長年の諜報の成果が極めて大きく寄与していたと思われるが、世間も、そして何よりも、義理の兄である信長が、あまりにもこの浅井氏の功績に対して無頓着であり過ぎたのは事実であった。

このことも長政には、看過できない現象に映ったことであろう。


以上をもって、ただ朝倉との義理だけではなく、長政は、父久政との関係および政治的信条から、浅井家当主として、人生最大の決断を行ったということである。

この長政の人生最大の決断は、以後の信長を通じての歴史の展開に、そして後の織田信長の人物像の変容に、とてつもなく大きな差異をもたらす結果を与えていくものと思われる。

つまり、史実とは逆に、浅井家が徳川家と同様、信長の同盟国として動いてくれたならば、朝倉家の滅亡はもっと早まり（逆に抵抗さえできず、朝倉家自体は残ったかもしれない）、そして北陸から上越にかけては浅井氏の領国となっていった可能性が極めて高いであろう。

実際は信長による天下布武ではあるが、建前上は織田、浅井、徳川という、同盟国による連立政権の樹立である。

長政にとっては、信長との同盟というものは、確かに家康に向けられた態度のように、対等な同盟というよりは、常に信長からの高圧的な要求を呑まされるようなものになったであろうが、基本的には浅井長政も徳川家康同様、忍従も可能な人であり（忍従の対象となる人物〈信長、秀吉〉が亡くなるまではそれを貫く家康と、忍従の最後の時を決断する長政の違いはあったが）、そもそもの信長との個人的な相性自体も決して悪いものではないように思われる。

浅井氏にとっても、決して割の合わない話ではなかったであろう。


一方信長にとってみても、浅井家を介して越前の統一が早く進めば、宗教勢力との対立においても、比叡山の焼き討ち、一向宗との全面対決も避けることができた可能性も残る。

長政がその緩衝材として働けた可能性もあったであろう。

そうすれば、信長を魔王のような恐ろしい人物に豹変させることもなかった可能性さえもあったのではないかと思われる。

信長に自身の人格を変えてしまうまでの、大きな選択のパネルをめくらせなくてもよい結果になったかもしれない。

結果として、浅井長政の行動は以後の信長の人物像を決定する人格変容にとっても、極めて大きな影響をもたらしたと思われる。


この浅井長政の寝返り以後に、信長の残虐性や冷徹さは人格の核となり、活動し始めるのである。重臣の森可成や弟信治をこの後の浅井、朝倉方との戦さの中で、また弟信興も伊勢長島の一向一揆との争いの中で失ったことも、この流れに拍車をかけた。

この後信長は、それまでの自身の人格までも否定するような行動の選択、まるでジョーカーのパネルをめくり続けるような選択を採り続けることとなる。


その行為の容認は全く得られないが、一五七一年（元亀二年）比叡山延暦寺の焼き討ちに関しては、ある程度の警告と手順を踏んでいる。

「浅井朝倉と織田との関係において、加担はせず、まずは中立を保つよう」と警告。

これに叡山側が応じなかったという理由があり、焼き討ちを行った。

堂塔はすべて焼き払われ、僧俗男女問わず、三千人の命を奪ったという。

しかし、その後の一五七四年（天正二年）、長島の一向一揆に対する容赦のない虐殺では問答はもはや通用しない。

一度投降した一向一揆衆をだまし討ちし、壊滅させるという、以前の信長では考えられないような残忍な仕打ちを行っている。

述べたように信長は、長島の一向一揆勢には既に痛い目にあっており、一五七〇年（元亀元年）には弟の信興を、小木江《こきえ》城を攻められ失っていた。

当時、本願寺勢力との戦いも熾烈を極めており、厳しい状況があったのは理解できるものの、行動、手段としては全く容認できないものである。

そして、一五七九年（天正七年）には、荒木村重家臣一族、女房への磔、奉公人五百人以上を家ごと焼き殺すという残忍な仕置きに至った。

歴史を見る者からしても目を覆いたくなる。

残忍さはその度に加速度的に強まっている印象を受ける。

もう後戻りできない、人格の破綻にほぼ等しい変貌である。

天正七年の頃の信長の人格は既に、罪悪感やモラルに欠けた病的な人格となっていたであろう。

信長のことをサイコパス（精神病質者）と評する専門家の根拠となる非人道的な行動である。

織田信長においては、普通の人格では通常はあり得ない現象が見られていた。先天的なものが優位ではなく、自身の行動の選択の結果、極めて珍しく、後天的に先鋭化し、形成された人格であった。

前著でも書いたが、信長の人格については、他人にできない特殊な決断を行う度に人格構造が変貌するという特殊な人格の変遷過程を有している。

一度非人格的な行動を選択した場合、元の人格には戻れなくなり、次にはよりいっそう非人格的な行動を採る確率が高まってくることになる。

このことは、信長を一人格の人間として振り返って見る場合、決定的にマイナスの歴史的評価を受けることとなる。

やはり、後半生の時期に限られるとしても、「やってはいけないことをやってしまった」ことに関しては後世、容認できない評価を受けざるを得ないのである。

ルイス・フロイス

ルイス・フロイスとの面会が信長の世界観を変えた。

信長がルイス・フロイスと初めて面会したのは、ちょうど一五六九年（永禄十二年）に信長が岐阜に退いた留守中に、三好衆等に将軍義昭の御座所である六条本圀寺を襲われ、その対策として二条城を造営している最中であった。

わずか二ヶ月ほどでこの大工事を敢行した信長をフロイスは驚愕の目で見た。

「ヨーロッパでも、とてもこの期間で城を完成するのは無理だ！」

「これをやれる人物、織田信長という人物は、間違いなく……」

フロイスはおそらく次の時代の支配者として、信長の行動を観察していたであろう。

同年四月八日、フロイスは織田信長によって京都居住を認められた。

しかし、信長に洛中での居住と布教を認めてもらったにもかかわらず、仏教界からの圧力もあり、フロイスに対しては、正親町天皇からキリスト教布教の禁制の綸旨が出されてしまった。

困ったフロイスは、助けを求めるため、信長の居城である岐阜城を訪れたという。

そこでフロイスが「宮殿」と表現した、岐阜城内の信長の居館を見たとき、自分のとった行動に間違いがなかったと思ったに違いがない。

フロイスは確信した。

「やはり、日本の王になるのは織田信長公に間違いがない……」


信長がはっきりと「世界」を意識したのは、このルイス・フロイスを始めとする宣教師との出会いの影響が大きかったと思われる。

彼らとの出会いが、信長の世界戦略と言えるものを芽生えさせたと思われる。

その性分から、〝世界を見てしまった信長は、世界を意識せざるを得なくなった〟ということである。


後の一五七六年（天正四年）に築城開始となる安土城。

京の都、ひいては日本を統治するにおいては中心であり、拠点であり続けたであろう安土城であるが、宣教師に会い地球儀を確認し、具体的に〝世界を見てしまった〟信長の、中国、印度、そして世界への進出の構想から考えれば、スケール的には豪華絢爛な安土城も、機能的には（次の大坂城への）出城であることと、次に述べるような象徴に位置づけられる存在として考えられたと思われる。

この頃までには、美濃進出以来定まっていなかった信長の京の都への統治方針が決まっていたものと思われる。

つまり、「京には住まない」と決めた信長が、「京を制圧した」象徴として豪奢な安土城を築城しようと考えたと思われるのである。

京は美濃と同様、信長にとって過去の風景になりつつあったのではないかと思われる。

〝築城による版図伸張〟というのは父信秀ゆずりの政策であるが、信長は遂に、世界にまでその構想を広げていったものと思われる。

ルイス・フロイス等宣教師との出会いにより、日本から世界統治へと、信長の構想はまたパネルを返すように、転換されたものと思われる。


当初、信長自身からは宗教的な発言がされることもなく、信長と西洋文明の紹介者でもある宣教師たちとの関係は極めて良好であった。

その頃、フロイスにとっても、信長は明らかに恩人であった。

信長は、外国人から見れば多重権力構造にあると見られる日本の政治現象に対して、フロイスには「内裏や公方様を意に介することなかれ」と告げたという。

天皇や将軍の存在は気にすることなく、「予が汝に言うところのみ」を行えばよいとしたのである。

この後、イエズス会宣教師は、全世界的なキリスト教の布教のために信長の武威を利用する政策に出る。

そして、このことにより、当初は良好であった信長と宣教師たちとの関係に微妙な変化が現れ始めるのである。

一五七二年（元亀三年）、宣教師カブラルが岐阜城で信長と面会したという。

カブラルは、タイなど、東南アジアで採れる鉛を輸入し、信長の鉄砲隊の弾丸に使用できるように便宜を図ったという。

信長にとっては、この上なく望ましい協力であっただろう。

しかし、カブラルはそれと引き換えるかのようにある重要な提案を行ったという。

何とカブラルは、信長にキリスト教への改宗を迫ったという。

このカブラル等イエズス会宣教師の信長への政策は、〝対織田信長へのアプローチ〟という対人的観点から考えると、明らかに失策であった。

将軍足利義昭との関係でも書いたように、信長が他者からされることで最も忌み嫌う行為は、「何かを強いられること」であった。

強烈で反射的な拒絶反応が信長の心中に沸き起こったことであろう。

一方、この改宗に対する反応においてであるが、心からキリスト教に入信した高山右近と織田信長の宗教観の違いを垣間見ることができる。

右近は高槻《たかつき》城争奪などの戦乱で臨死体験に及び、その際に神の救いを信ずるようになり、そして聖ペテロ以後のローマ教皇が導く神の国を全世界に広げることこそが理想の正義であると心から信じるようになった。

一方、信長も右近と同様、兄弟親族、家中での血を争う半生を送り、今川、斉藤、浅井、朝倉など他家からも命を狙われ、もう一歩の所で落命する体験もしたが、たとえ九死に一生を得る体験をしても、それを神の恩寵として捉えたり、死生観を変えることもなかった。

右近においては信仰こそが真実であって、それをこの世で具現化していくことが人生で最も大切なことであった。

右近のこの信仰は終生、変わることはなかった。

他方、信長においては、信仰は「心の内」にあるものであり、それは必ずしも政治や社会と結びつくものではなく、また他者と信仰を共有したり、集団を形成して共有する行動に務めるような類のものでもなかったのである。

「熱田大神、津島牛頭《ごず》天王、それに沢彦《たくげん》から授かった神仏の精神さえあればよいのだ……」

信長にとって、信仰は各人において尊重されるべきものであり、世俗的な宗教活動にはその本質はなく、好ましく思っていなかったのである。

当初は日本の世俗仏教に対してその矛先は向けられており、フロイスも信長が日本の仏僧のことを「民衆を欺き、己を偽り、虚言を好む、傲慢なもの」と酷評し、「彼らをすべて殺害し、殲滅しようと思っていた」と話したと告白している。

そして信長の疑念の対象は、やがて仏教のみならず、カトリックを含めた政治と結びついたすべての宗教勢力に広がっていくことになるのである。

生涯の晩年には極端な行動を見せる。

信長の信仰は、フロイス等宣教師からは全く容認されない信仰形態へと発展していくことになるのである。

信長はこう言った。

「それならいっそのことこの信長を神として信じるならば、御利益をさずけようものぞ！」

摠見寺《そうけんじ》を安土城の隣に創建し、ボンサンと名づけたご神体の石を信長の誕生日に拝むように指導したとの伝えがある。

フロイスも後年の信長が「途方もない盲目と狂気で自らに勝る造物主無しとし、信長以外に礼拝に値するものなしと言った」と述べ、その信仰形態は神への冒涜者に他ならないと断罪するに及んだ。

彼ら宣教師から見れば、信長は、キリスト教の信仰からはますます乖離《かいり》していく異端者の存在になっていくのである。

信長の行動原理として前著で、「世間から見られ評価され、世間並みに見られることを拒み、強いられる存在から強いる存在に自分の立場を転換すること」に触れたが、対宣教師に関しても、まさにこの行動原理によって突き進み、キリシタンになるどころか、「自分自身がデウスに代わり得る」と宣言したのも同然の行為に及ぶのであった。

この頃、宣教師たちの母国も激動に揺れていた。

世界情勢は次のように進んでいた。

一五八〇年（天正八年）、ポルトガルはスペイン王フェリペⅡ世を君主として迎えることになり、スペインに事実上併合されてしまう。

一挙にスペイン一国による、世界征服の野望が膨らむこととなったのである。

日本では、同年大村純忠が長崎の統治権をイエズス会に委ねたことで、一気に長崎の布教は進んだという。

大国スペインの野望が一気に膨らんだ。

信長自身は、ここが難しい所であるが、宗教自体を根本から否定する気持ちはなく、仏教自体の存在意義も認めていたものと思われる。

先の右近との信仰の比較でも触れたが、信仰をあくまで「心の内にあるもの」と捉えたであろう信長は、仏教の真髄に関しても、原始仏教的な個人の悟りの領域にあるものと考えたと思われる。

その理由の一つとして前著において、信長の半生とゴータマ・シッダルタが出家し釈迦、仏陀になるまでの人生における境遇の類似点を挙げた。

またもう一つ、別の信仰上の理由として、信長自身が仏教の発展形態には意味を見出さなかったことが考えられる。

筆者の別の拙著『太子と馬子の国』において、仏教自体の他の宗教にない極めてユニークな特徴であり、かつ見逃し易い点として、

「そもそもの仏陀の考えに起因するところが大きいと思われるのだが、救済を明示しないスタンスで教が発展していったということである。

後に大乗仏教が成立したのも、仏教における衆生の救済が明確でなかったこと、この未分化な状態であった分野の発展が望まれた点によることが大きいと思われる。しかし、その大乗仏教においてさえ、救済の方法は各経、各宗派において多様であり、あまりに救済の方法、手段に主眼を置くと、お

互いに別の宗教になりかねない程、この問題の取り扱いは難しいことである。
とにかく仏教が宗教として民衆の支持を得、存続するにおいては、後の発展の段階において救済の問題が大きく影響することになるのである」と指摘した。

信長自身はおそらく、仏教自体には興味があっても、仏教の発展形態としての救済というものには固執しておらず、仏教に自身の救済を願う気持ちなどについては、微塵《みじん》もなかったと思われる。つまり､「衆生を救済するという大乗仏教の教理については、信長は、それを第一義とは見なさなかったと思われるのである。

これに対して、戦国の世における既存の仏教勢力は、人々の支持を得、存続する為にも国や民衆の救済にますます重きを置くことになったと思われる。

特に本願寺勢力は阿弥陀如来からの救済を特別なものとして、それを信ずるすべての者の救済、極楽浄土に至る境地を布教した。

この信仰心の核となるものの差も、信長と本願寺勢力の血みどろの戦いの大きな要因となるものであったと思われる。

結果的に、信長は、政治的には政教分離を進めていくこととなる。

ただし、この政教分離については、〝政治家〟信長にとって、とても言葉ほどには容易なことではなかった。

中世の戦国時代においては、神道、仏教、そしてこの時代に日本に入ったカトリックのすべてが密接に政治と深く関係していた。

結果的に、信長自身の「敦盛」に見られように、政治と離れた純度の高い人生観、死生観、を持った信仰のみを保つには、〝政治家〟としては、政治と癒着した宗教とは全面的に戦わねばならなくなる。

その結果、信長と宗教勢力では、政教分離を進めていきたい信長と、あくまでも組織的な自治を求める本願寺勢力や、政治的影響力を保持したい比叡山の延暦寺等との間の対立に発展していくのであった。

延暦寺に対しては一五七一年（元亀二年）焼き討ちを行った。

対本願寺勢力に関しては、一五七〇年（元亀元年）六月には姉川の戦いでの勝利もつかの間、摂津石山の本願寺が信長に反旗をひるがえした。

同年八月末、信長は本願寺およびそれと手を結ぶ三好党を征伐する為に、摂津に出兵。野田方面から攻撃を開始した。

それから、十年以上にわたる戦いは続いた。

一五八〇年三月、正親町天皇の調停により、顕如が退去するという形で石山本願寺との争いにもようやく事実上の勝利を得た。（その後、教如の抵抗はあり）

宗教勢力との戦いにおいて、信長は結果的には勝ったものの、先の信仰観の違いの影響も大きいと思われるが、全く相手側への敬意なども見られないようになっていった。その経過の中で、カトリック宣教師たちの信長に対する評価も、擁護者から次第に神を冒涜する魔王のような存在になっていった。

信長は、カトリック勢力に対しても、状況によっては、いずれ戦う運命に向かいつつあったのである。

世界静謐

歴史的には、日本の全国制覇、統一に関しては、信長の後継者となった豊臣秀吉の時代を待つことになるが、信長存命中の一五八二年（天正十年）には、もはや現状を覆してまで織田信長を打破できる可能性のある勢力は存在しなかったと思われる。

その時点で日本における天下布武、天下静謐は、ほぼ完了していたものと思われる。

そのような情勢の下で、本能寺の変が起こったということである。

そこで、史実には現れなかったが、背景にあった状況から、その次に予想された重要な事態についても少し考えてみたい。

大きな問題としては、緊張関係にある朝廷と信長の関係がどうなるかという問題、そして最終的には、〝ルイス・フロイス〟の稿でも触れたが、ローマ・カトリック教国の宗主国となったスペインとどう折り合いをつけるのかという、世界での覇権に関係する問題に焦点が移っていくことになったであろうと思われる。

天皇、朝廷の問題に関しては、信長の有名な三職（関白、太政大臣、征夷大将軍）推任の問題が保留されたまま、本能寺の変を迎えることとなった。

信長が天皇制を崩してまでの新たな統治を試みたかに関しては、私は信長の保守的な側面を考えれば、信長は天皇を奉る形は保持したであろうと思う。

織田家の家督を譲った信忠には官位を持たせようとしていたようであり、天皇の権威自体は信長も認めていたようである。

ただし、同時に革新的な発想を持つ信長は、天皇を「それまでと同じように奉る」ことはしなかったであろう。

右記の三職推任の問題に関しては、信長にとって「推任を受けるか受けないか」は問題ではなく、「どのように天皇を動かしていくか」が重要なことであったであろう。

信長は次のように考えたのではないだろうか。

前著でも書いたが、後継者となった豊臣秀吉は、〝統治者信長〟のカリスマに全面的に同化してしまった人物であるが、その秀吉が関白秀次に送った文書には、「明国を征服し、天皇に北京に行幸していただくこと」を明らかにしている。

ルイス・フロイスも信長が「毛利征伐の後には、シナを奪う為に一大艦隊を準備させる」と語っていたと報告しており、秀吉の政策に関しても、信長自身が生前から構想していた可能性が高いと考えられる。

結論的には信長は、もし明国を制覇できたならば、天皇を次の中国の天皇（中華思想を取り入れたならば、皇帝）として奉る形を採ったであろう。


信長は天下布武の次の時代にも思いを馳せた。

「天下布武の後には世界の静謐をなしとげるのじゃ……」

幼少の頃、美濃の国までをしっかりと自分の目で見、日本の制定を夢見た信長は、それと全く同じ感覚で畿内、京の都を自分の目で見、そして、フロイスから聞いた中国や天竺までの制定を思い描いたものと思われる。


そして、究極的にはその覇権に関しては、スペインと争わなければならない事態が訪れるかもしれなかった。

既に述べた摠見寺の〝ボンサンと名づけたご神体〟の逸話の意味するところであるが、「自分は決してカトリックには改心しない」、つまり、「日本はスペインと同列の国にはならない」という信長の決意表明に他ならないものであると考えられる。


その流れの中で信長は、おそらく肥前名護屋城の築城に類することまでは、秀吉にその構想を語っていたのであろう。

しかし、さらにその後の朝鮮半島進出以後の思惑に関しては、もはや歴史の謎になってしまった。本能寺の変により織田信長の歴史は終焉を迎えたので当然のことである。

それでも尚、織田信長への興味は尽きない。

そこで、あくまでも本能寺の変がなかった場合での想像に過ぎないが、さらなる織田信長の歴史への影響力の可能性について、もう少し考えてみたい。

信長の場合、フロイスに語っていたように、戦略的にはあくまでも艦隊による明への出兵を考えていたようであり、朝鮮半島には直接進出しなかった可能性も否定できないと思われる。

(晩年の秀吉は自らが天下人になったことから、隣国を服属させる意識においては信長以上に専制君主的な色合いが強くなっていた印象を受ける。

小西行長と会談に応じた朝鮮側の役人も、「明を攻めるのが目的ならば、何故浙江《浙江省》に向かわないのか。朝鮮を通る必要があるのか！」と反論している)

一方、もしそれでも、信長による半島への出兵という形になれば、秀吉の時以上の集中的な戦略が用いられた可能性は高い。

この場合はおそらく、光秀や秀吉は少なくとも任期が終わるまでは半島に永留していた可能性が高いであろう。

他方、小西行長、宗義智等を重用することになれば、それがうまくいけば、戦争ではなく、朝鮮と同盟国としての歴史を築けたかもしれない。石田三成の抜擢はなかったたか、秀吉とともに遠征し、相対的に三成の重用はなかったたか、もっと遅くなった可能性が高い。

そして、おそらくこれまでの信長の築城の構想からすれば、満州付近に中国本土攻略の為の城郭、拠点を構築しようとしたのではないだろうか。

時代は清による中国統一前の時期である。女真《じょしん》族(清の前身である満洲国、後金を建国。女直《じょちょく》)との衝突が、満州付近で起こったかもしれない。具体的には旗人軍団（後の清の八旗）と織田家臣団、戦国大名連合軍の対峙である。共に農地を基本においた（女真族は半農半牧)、尚武の国であるが、騎兵に優る旗人軍に対して、織田軍には商業をベースにおいた艦隊、西洋型の鉄砲、火器が加わるイメージであろう。また異民族からの攻撃を受ける漢民族である明の立場からすれば、満洲女直からの攻撃にも変化があったかもしれない。

東アジアの歴史が現在のものとは異なる可能性もあるかもしれないが、当然であるが、今では想像すら難しい。

最後に、西欧諸国との覇権争いについてである。

スペインの無敵艦隊が一五八八年にアルマダ海戦においてイギリスに敗れたことから、スペインの世界制覇の夢は大きく遠のいた。

日本の対外的な付き合いが、カトリック教国であるスペインからプロテスタントの国であるオランダやイギリスとの関係に移行していくことになるため、いきなり直接の武力衝突になる可能性は、極めて少なくなっていったであろう。


信仰に関しても、それが直接「国威発揚や神の国の実現」という政治行動に繋がる当時のローマ・カトリック教国の在り方から、「信仰が個人の心の中において神との関係においてある」とするプロテスタントの教えとのつきあいということになれば、より政教分離的な信長の信仰にもなじみやすいものとなった可能性も高い。

必ずしも全面的な衝突を予想させるものではなく、一時、平和裡に世界の歴史が進んだ可能性も感じさせる当時の情勢である。

徳川幕府の鎖国とは異なった形での、東アジアの平和が得られたかもしれない。

光秀

本能寺の変を信長の保身の立場から見てみれば、前著でも「保身に関しては親子お互い、それぞれに危機感が決して無いとは言えないのであるが、ある種無防備な隙が何故か生まれる傾向が、信秀から信長に受け継がれる結果となった」と述べたように、信長は自己の保身に関しては、父信秀同様徹底できず、隙があったと言わざるを得ない。

信長の経験から言えば、予想外の寝返りに関しても、一度浅井長政にも命の危機に陥るような痛い目にあっており、光秀や他の家臣が長政のような寝返りの行動に出たとしても、何ら不思議はなかったと言ってよい。

しかし、本能寺の変を知らされた時信長が、

「信忠の反心か！」

と、まず息子である嫡男信忠を疑ったという記録もあり、光秀の謀反を強く想定していたことはなかったようである。

本能寺の変の原因に関しては、今現在も諸説が飛び交う状況であるが、光秀に関して言えば、やはり天下を狙う心はあったものと思われる。

計画的なものとまでは言えないであろうが、反射的行動であったにしても、以前から内心に天下奪取を考える心理がなければ、正面から信長を討つという行動には現れないであろう。

また、方法論的には一種の意趣返しでもあり、ある意味、光秀の行動は信長的であるとも言える。通常めくってはいけないパネルまでをめくるという、決定的な負の側面を伴うリスクのある行動を採ったという点では、光秀が最も信長的な手法を受け継いだ後継者であったということとなる。

そういった意味では光秀は信長に対しては謀反を働いた逆臣ではあるが、皮肉にも信長的手法の後継者であるとも言える。

光秀もやはり、信長のカリスマを強く受けていた存在であったという考えである。

肥後細川家に伝わる書状、『明智光秀公家譜覚書』によると、本能寺の変の後、光秀が細川藤孝、忠興親子に味方になるように求めたことと、変後の光秀が参内し、従三位・中将と征夷大将軍の宣下を受けたと記されている。

さて、ここで、光秀が謀反に成功した後の政治体制までを考えると、可能性としては、源氏である土岐氏血統を（かろうじて、であるが）持つ光秀自らが将軍につくか、傍流ではあるが足利の一門筋であると考えられる、細川家の忠興を将軍もしくは管領として奉るか、もしくは足利義昭を再度将軍として迎え入れるという主な三つの方法がある。

細川家の文書にある光秀の征夷大将軍宣下が事実であれば、これらの中で、光秀は単純に自らが将軍になるという選択を行ったということになる。

当時信長が朝廷から三職推任を受けていたことを考えると、信長を討った光秀がストレートに〝信長にとって代わる〟選択を行ったということである。

しかし、細川親子を味方につけることから言えば、この光秀の将軍宣下は逆効果であったと思われる。

光秀の立場としては、統治者としての信長に不義があるとして討ち、あくまで正義のもとで征夷大将軍になったということである。

当初、「細川殿はとくに何も言うことがないだろう」と協力してくれることを当然のことと考えていたと思われる。

しかし、光秀とは異なり、細川藤孝は別のことを考えていた。

「光秀が将軍になったということは、それに与《くみ》すれば、わが細川家はその配下になるということになる……」

藤孝は下を向いた。

「つまり……」

「つまり、光秀を認めれば、三人目の主君であり、足利将軍に続いて、織田信長殿まで、わが細川家は主君を変えたことになる……」

藤孝は兄のことを思い出した。

細川藤孝（幽斎）は主君を足利義昭から織田信長へ変えた時に、異母兄の三淵藤英《みつぶちふじひで》と敵味方の関係となってしまい、その折、藤英から自身の不忠を強く責められた。

そして結果、不忠と言われた自分が生き残り、信長の切腹の命で兄である藤英を失ったという辛く苦い体験がある。

藤孝は信長から丹後十二万石を拝領した時も、自身ではなく嫡男の忠興が拝領する形を採った。主君を変える不忠義に関しては、特に感受性の高い人物であったと思われるのである。

いくら旧知の光秀からの誘いであっても、歴史的大罪人に、しかも二度続けてその過ちをストレートに犯すことは到底考えられなかったものと思われる。

やはり主君信長に謀反を働いた光秀を、そのままの形で将軍と認めるのは難しいことであったかと思われる。

光秀に与《くみ》するどころか、「決してそのようなことはない」という逆の意思表明から、髻《もとどり》を切り、「幽斎」となり、刀を捨てた。

光秀は、次善の策を考えたのであろうか、細川家文書によると、一度細川藤孝に協力を求め断られた後、すぐに次の可能性である、忠興を奉る政体を考えたようである。

改めて光秀は、「畿内平定後は藤孝殿の嫡子忠興等に天下の政道を譲り、それを行わせたい」旨を申し出ている。

しかし、当の光秀の征夷大将軍任官に関しては、取り消したとも語られておらず、畿内平定までは光秀に臣従することを求めていることになり、根本的には何ら変わっておらず、かえって藤孝の決断は固まり、以後光秀とは断交した。

いくら光秀から子の忠興を天下人にしたいと言われても、覆るような藤孝の道理ではなかったのである。

そして、述べた光秀の選択し得る三つの政治体制のうち、最後に残った可能性である、「光秀が足利義昭を再度将軍として迎え入れること」に関しては、光秀自身が義昭から信長に主君を変えた経緯があり、考える余地は多くはなかったとも思われるが、もし実現できれば、最も光秀が生き残る可能性として考えられる方策である。

その可能性を慮って、邪推をお許しいただきたい。

この策には光秀にとっては、足利義昭を抱えている毛利家との講和が必要である。

「足利将軍をもう一度迎え、この世を元に戻すのじゃ！」

この大義名分の下、本能寺の変後、軍を解除せず、自身の京での政治活動もいっさいせず（もちろん、自身が将軍に宣下されることなどは求めず）、さらに軍兵をできるだけ多く募り、そして変の前に信長から命じられたとおり、「中国に軍を進める」のである。

光秀自身が戦歴を重ねた丹波方面、光秀が築いた亀山城、周山城を通って、新たな講和を求めて毛利側と対峙、折衝するということである。

鳥取城代（後の城主）の秀吉方の宮部継潤《けいじゅん》の動きは気になるが、単独で光秀軍を一気に壊滅させるまでの攻撃は難しいようにも思える。

途中、丹後の細川家には少なくとも刃を向けられないことが望ましいが、この策の場合は光秀の細川家への依存度は弱まり、最大の点は毛利家がどう判断するかということに尽きるであろう。

毛利家が本能寺の変を知ったにもかかわらず、やはり秀吉との講和の継続を選択したならば、光秀は毛利軍と秀吉軍に挟撃され、史実と同様、絶命という運命を迎えることになるであろう。

しかし、その講和においてであるが、少なくとも秀吉が信長の死を秘して毛利と講和を成立した直後であり、この変の直後であれば、毛利が光秀との新たな講和に応ずる可能性もあったのではないかと思われる。

この光秀の「中国大入り」が成功すれば、長宗我部、毛利の兵力とともに、足利尊氏以来の「西国からの足利将軍の巻き返し、上洛」が大義名分として浮かび上がってくることとなる。

また、この策によれば、より多くの反信長勢力が賛同の意を示す可能性があったのではないかと思われる。

そして当の光秀も、かなり直接の主君を裏切った罪悪感から逃れることができたであろう。

話を史実に戻す。

細川藤孝に関しては、光秀は当初、

「細川殿はとくに何も言うことはないだろう」と素直に協力してくれることを当然のことと考えていたと思われる。

しかし述べたように、結局細川藤孝は出家することで、逆に秀吉側に恭順の意を示した。

最も旧知の細川藤孝（幽斎）でさえこの状況であった。


ただしその中でも、光秀にとって唯一、畿内に居ながら、自身の行為を正当化する方法はあった。

それは、「新たな戦闘、戦さに勝つ」という方法である。

後年、そして現在においても定説となっているものは、豊臣秀吉の「中国大返し」の成功、そして、山崎の戦いでの勝利が光秀の三日天下を打ち破ったということであるが、実はこれは光秀の成功の裏返しの鏡ともなっており、逆に光秀が秀吉を打ち破った場合には、光秀が自身の天下を三日にして確立する可能性も現れていたということでもある。


事実上の信長軍の本隊である秀吉軍を破り、京において自身の将軍宣下、もしくは足利義昭の帰洛による幕府の再開を公に実現すれば、一定の期間、天下静謐を手に入れることはできた可能性がある。

後は柴田勝家と徳川家康の出方に問題が残ることとなるが、柴田、徳川も上記の光秀の勝利と朝廷の決定があれば、単独でそれを覆してまで反旗を翻せるかどうかは疑わしい。

そして一方、山崎の戦いの結果がどちらに転ぼうとも、本能寺の変により、毛利、長宗我部討伐はいったん中止、ある程度の現状容認ということとなったであろう。

九州の島津、関東の北条の命運に差が生じたかもしれないが、後は天下人が関白（秀吉）であったか将軍（義昭、忠興もしくは光秀）であったかの違いに収斂していったのではないかと思われる。

朝鮮出兵に関しては、光秀の治世であれば、おそらくなかったであろうが、前述したように、光秀は信長の手法を踏襲する可能性もあり、断言はできないかもしれない。

要は、やはり秀吉との山崎の決戦は今の意味する通り、〝天王山の戦い〟であったということである。

まず言われているのは諜報戦で秀吉がうまく先手を打ったということである。

中川清秀等は、当初は信長が存命であるとの手紙（返書）を秀吉から受けており、織田信長への恭順の意向の継続から秀吉への加担を決めたという。

中川清秀という人物に関しては、ある種の病的な「信長恐怖症」に陥っていたと考えられる武将であり、これより前の荒木村重の寝返りの時も、信長の、配下の者への非許容性と残忍さを村重にとくと説き、寝返りの続行を勧めたと言われる人物である。つまり威厳と恐怖心により（一見豪快な人物であるが）、完全に信長に対するコンプレックス下の心理状況にあった武将である。

その助言を一時、過度に取り入れて一族の殲滅までを招いてしまったのが荒木村重であり、その清秀の心理状態を最も上手く活用したのが羽柴秀吉であったということになる。


また、これも光秀の最大の誤算であるが、光秀が「敵の敵は味方」の論理で自軍にある程度は加担するはずの反信長勢力の動きも、思いの他、鈍かった。

世間の反信長勢力は本能寺の変で〝事足りてしまった〟のである。

彼らのほとんどは「信長が居なくなってしまうこと」が最も重要なことであり、特に逆臣の光秀を御輿に担ぐ必要も既に過去のものとなった幕府を復古させる必要も、なくなっていたのである。

彼らにとっては、「とにかく信長が居なくなってしまったこと」が重要であり、それを上回る彼らが望む社会現象は既になかったのである。

この光秀への同調者の徹底的な不在こそが、最も大きな誤算となった。

光秀は畿内の同調者とともに新政権の機運を高め、更なる同調者を増やしていくつもりであっただろう。

秀麗な光秀の脳裏には戦勝後の統治の姿さえ映し出されていた可能性も高いであろう。

しかし、本能寺の変後数日にて、安土、長浜などの近江の諸城を手に入れるも、肝心の軍兵を集結させることはできなかった。

この誤算が〝天王山〟に大きく影響していく。

このように、山崎の戦いにおいては、最終的には数的な優劣が最も勝敗に対して大きな意味を持ったものと思われる。

せめて、もう少しの援軍があれば結果は異なっていたかもしれない。

筒井順慶の〝洞ヶ峠の日和見〟はどうも創作のようであるが、兵数に余裕があれば、光秀は山崎を見渡す洞ヶ峠にも連携軍を置いて、秀吉軍の動きを偵察、牽制させたり、本戦においても別働隊として備えておきたかったであろう。

光秀は自軍がこれほどの劣勢で、〝天王山〟を迎えることは考えていなかったのではないだろうか。

実際、細川、筒井の軍が参陣すれば、戦いの状況は全く様相を異にするものであっただろう。秀吉の軍には確かに勢いはあったが、同時にかなりの疲労もあったはずである。

そして最後に戦術、戦略面であるが、光秀軍が右記の数的な劣勢をも、それでもかなり補うことができた方法と思われるのが、山崎の地の利を活かして秀吉軍を迎えるという戦法であるが、これも光秀は選択しなかった。

寡勢で多勢を迎えるのであれば、それこそ天王山と淀川の間の狭隘の地、山崎の町付近で秀吉勢を待ち受けるべきであるが、逆に光秀は山崎の町に禁制を出しており、決して戦場にはしない約束の手形をきっていたようである。

「山崎の戦い」が文字通り「山崎の町での戦い」であったならば、次の世は関白の時代ではなく、将軍の時代になる可能性もあったかもしれない。

秀吉方も同様に山崎の町に禁制を出していたようであるが、両軍の数と陣形を考えた場合、右の地勢的な要因もあり、秀吉軍にとっては数で有利な野戦を選択でき、さらに、万が一の退却時には不戦の山崎の地を利用して退却が可能である等、狭隘の地山崎を背景に陣取った秀吉軍側に圧倒的有利な要因となってしまった。

このことにより、光秀軍は数で勝る相手の大軍を、更に受けて戦う態勢を余儀なくされたものと思われる。

ガラシャの夫、細川忠興が光秀を評して「身をかばう傾向がある」と、光秀の戦闘における積極性の欠如を指摘する話があったようであるが、光秀の数少ない欠点が、陣形や迎撃態勢の決定的な不備を招きこむ結果になってしまった。

光秀は敗戦が決定的になると、勝龍寺城に逃げ込んだといわれる。

今も観光で有名な、細川忠興とガラシャの婚儀が行われたと云われる細川藤孝（幽斎）により築城された城であるが、運河に囲まれ、水運には恵まれているものの、大軍から身を隠すには余りにも平坦で周りの見通しも良すぎる。

防御を考えた場合、あまりにも不向きな城であり、光秀をさらに北に落としていく時間を稼ぐことさえも困難を極めた。

光秀は近江に戻ろうとしたが、最後、小栗栖《おぐるす》での落ち武者狩りに遭い、絶命した。

結局、光秀は細川藤孝にも、そして〝藤孝の城〟にも、致命的な命運を齎《もたら》されることとなったのである。


備中で毛利攻めの最中であった羽柴秀吉は、信長の援軍を請うたとされる。

秀吉は、どこまでが自ら意識しての行動であったかは不明であるが、結果としては、安土で家康饗応中に、秀吉から信長に出陣を要請したことで、光秀の出陣、信長の上洛を促すことになり、結果、本能寺の変が起き得る状況を醸成したことになった。

光秀はその醸成された状況の下で変を起こした。

また秀吉は、援軍を請うたならば必然、信長の動向にも常に敏感に情報を入手する態勢で過ごしており、結果、信じられない速さで毛利側との電撃的な講和を行い、そして中国大返しの大成功により、自らの天下取りを手中に収めていくのである。

エピローグ

本能寺で激烈な最期を迎えた織田信長は、気がついた時には、その身はもう地上にはなく、生前、時折夢に現れた天界に居た。

そして、これもまた夢で何度と見た、父織田信秀とついに再会することとなったのである。


信長が自身の姿に気づき、座っていると、父信秀が柔和な表情を浮かべ、信長に近づいてきた。

そして、ねぎらいの言葉をかけた。

「吉法や、最期はまことに大変であった」

さらに信長の顔をじっと見つめた。

「明智とやらにやられたのじゃな……」

「うん」

信長は特に何も説明することもなく、短く頷いた。

信秀も本能寺の変の状況は察しており、そのことには直接触れず、言葉を続けた。

「それにしても久しぶりじゃ。吉法！」

本能寺の変のことについては無口であった信長であるが、親子の再会のことに触れた信秀の発言に対しては、信秀の急逝を思い出したのか、おもむろに目を見開いた。

そして、半分愛着のある表情で当時を振り返った。

「父上が急に居なくなって、それは、大変だったわ。周りの者も、皆があわてふためいておった」

信秀が答えた。

「あの時はなあ……」

信秀は当時を思い出しながら、遠くを見つめた。

「わしは、ちょうどお前の弟の信行に三河の領地を取り戻してやろうと考えていた時じゃった。お主の母親（土田御前）にも、家督はお主に譲り、信行を三河の領主にさせることで納得させておったのじゃ」

信秀の説明が続いていく。

「そうしたら……」

「気がついたらここ（天界）に来ていた！」

信秀は苦笑いを浮かべ、頭を掻いた。

「すまんじゃった。

わしは、どうも一所懸命になると、自分のことなどは忘れて、どうでもよくなるのじゃ」


信長がその言葉にすぐに応じた。

「それはわしも同じじゃ、父上！

桶狭間の戦いの時も気がついたら一人で馬に乗っていた。

ついさっきの最期の時も、何の心配もせず京に上洛した。

本能寺に泊まっていたのだ」

「家督も信忠に譲り、京の都では、もう隠居したぐらいの気分だった。

父上が急に居なくなって大変だったと申したが、わしも同じことをやってしまった……。

今、生きているわしの子供たちはさぞ困っているだろう……」


信秀が同意して答えた。

「そうだな。

しかし、それにしても、お主の人生、まことに大儀であった」

信秀は心からそうねぎらった。

信長は信秀にねぎらいの言葉をかけられながらも、そのことには甘んじることなく、逆に身を固めた。

「父上には、今改めて礼を申しあげたいことがある！」

信長は姿勢を正し、信秀に頭を下げた。

「父上が小さい時から城をわしに与えてくれたのはよかった。

今改めて、感謝をお告げしたい」


信秀は信長の言葉に十分に納得する表情を見せ、頷いた。

そして、自らの本心を語った。

「わしも同じだったのじゃ、吉法。

わしも父上（織田信定）が早く引退し、若いときから織田弾正忠家の当主になったから分かるのじゃ。

城主や殿様になるのは早ければ早い方がよい！

その方が、自分の頭で何でも考えるようになるのじゃ」

そう言いながらも、信秀は少し申しわけなさそうな表情になった。

「それでも幼い頃から、わしやお主の母親とは離れ離れになったのは寂しかったであろうがな……」

信長は軽く微笑んだ。

「それ（離れ離れになったこと）は別にそう（寂しいと）は思ってなかった。

自然と、その時自分に必要な者に、自分から近づいていくようになった。

わしは、人気のある殿様、織田信秀の息子だったので、嫌がる奴もほとんどいなかった。

自分の思うとおりに毎日を過ごしていったのだ」

それでも一瞬、母親の顔を思い出した時は、信長は遠くを見るような表情になった。

そして、信秀に告げた。

「ただ、母上のことは何も悪くは思っていないが、
わしには遠い存在だった……」

信秀は再び、申しわけない表情になった。

「お主が母親と過ごす時間は短かったからなあ……。

わしがそう決めたことじゃが、城ごとわしと一緒にお前の母親も移ってもらったのじゃ。

お主は那古野の殿様にしたのじゃが……。

皆すべて、わしがしたことじゃ」

そして、今度は信秀が土田御前のことを述べた。

「しかし、あれ（土田御前）は本当にいい妻、お主らの母親だったぞ。

信行のことは可愛がっていたが、決して、お主を蔑《ないがし》ろにしているのではなかったぞ。

わしが生きて、三河を与えて、分家にしてやれば、家督をめぐって、お主らを争わせることはなかったのじゃ。

重ねて面目ないことと思っておる」


信長は苦笑した。

「父上はその辺りはまことに上手じゃからな……。

それはわしも認めることである」

そして、真剣な表情となった。

「それでも弟（信行）と戦うことになったかどうかは、わしにも分からん……」


信秀は信長の心中を察した。

そして、話題を別のライバルの話に変えた。

「信玄についてはよく我慢したなあ……。

吉法や、わしもあれしかないと思うぞ！」

信長は頷いた。

「夢の中で父上もそう（我慢しろと）言ってくれたものと感じた。

世の中には恐ろしい敵が数多《あまた》居るが、実の像が見えない、一見して分からない強さを持つ者が一番恐ろしい。

信玄はそういう存在だった……」


信秀も幾度となく首を縦に振り、頷いた。

「そのとおりじゃ、吉法。

お主の言うとおりじゃ！

しかし、それをまた素直に認めるのが、お主の長所だと思うぞ。

戦さでは、もう分かったと思うことや、一見分かることが増えることが実は、最も危ない、恐いことなのじゃ。

何故なら、自分が分からないことが、まだ在るのに、それを認めなくなるからじゃ」

信長は頷いた。

「父上の言うとおりじゃ。

そして、その所為《せい》もあるが、わしの戦さはいつも試行錯誤だった……。

これといった決まった戦い方は、ついぞ見つけられなかった。

もし今、生きていたとしても、次の戦いはどうなるものかも、全く見えてこない……」

信長は少し不安な表情を見せた。

それに対し、信秀は逆に安心し、そして感心する表情をみせた。

信秀が告げた。

「吉法よ、戦さはかえってその方がよいぞ！

そちのその態度があったから、かえって新たな戦術や戦法、武器を開発することができたのじゃ。

これはわしにもなかったお主の才能じゃ。

それが故に、今川義元や武田勝頼のような有能な武士《もののふ》にも勝つことができたのじゃ！」


信長は、今度は、今川義元、武田勝頼のことを思い出した。

「義元も勝頼も、それは相当、手強い武士だった……。

ただ、それでも、彼らは雪斎や信玄とは異なるただ一つの点があった」

信長が桶狭間、そして長篠の戦いを思い出した。

「彼らは全軍で一気に出てきたので、我らは、たまたまそこを叩くことができた。

ただ、その紙一重の間隙を突いてのみ、運よく勝つことができたのだ……。

わしが彼らに対してできたのは、できる限りの準備をすることと、一瞬にしてその準備を出し切ることだけだった……」

信秀は信長の言葉を真剣に聞いていた。

そして、わが息子の長所を説いた。

「そうだ。そのとおりじゃ、吉法！

下手に常道を確立すると、必ずそれを打ち破る者が現れてくる。

お主は、こと大名どうしの戦さでは命を落とさなかった。

わしも同じく、戦さでは命を落とさなかったが、
さすがにお主のように、新しい武器や戦術を次々に生み出すまでは至らなかった」

「信玄や謙信とは別人だが、お主はお主で戦さの達人と呼ばれてよいぞ！」

「……」

信長は黙って聞いていた。


信秀は家臣のことに話題を変えた。

「家臣を使いこなすということは難しいことじゃな……」

「（平手）政秀のように、わしの思っていることが手にとるように分かって、わしの為に動いてくれる者も居れば、（林）秀貞のように、自分の役割を自分で考えて、周りを見ながら務めていく者もおる」

信長は視線を下に落とした。

「政秀の爺には悪いことをした……」

信秀が言葉を続けた。

「政秀は、わしが何を考えているかはよく分かっていたが、吉法師であるお前が何を考えているのかは、さっぱり分からんじゃったろう。

政秀の考えはわしと似ておった。でも、親子でもない為か、政秀はお主の意図は全く汲めていなかったようじゃ。

これも、お主や政秀を残して、先に逝ってしまった、わしの責任でもある。

申し訳なかった」

「……」

信長は、じっと信秀の言葉を聞いていた。

次に信秀は柴田勝家の話を始めた。

「権六（柴田勝家）は、尾張には珍しい、気骨のある武士《もののふ》じゃった。

わしがお主の弟の信行のために奴を家臣につけてやったのじゃ。

信行につけたが、結局、お主の天下統一のために、よく働いてくれたのう！」

信秀は喜んでいるようだった。

「そして、まさか、市の婿になってくれるとはのう……。

上（天界）から見ていても、驚くことばっかりじゃった……」

信長は勝家のことを思い出していた。

「権六は確かに父上が言うように、律儀者でよく働き、わしも北陸方面を十分に任せきれる武士であった」

「だが……」

信長は少し視線をそらした。

「それでもわしは、何故か権六には自分で思っても、厳しい辛い目で見て、自分との距離も必要以上に置いてしまう習慣が抜けなかった。

武田の脅威が弱まった長篠の戦さの後でも、わしの態度は変わらなかった。

敢えてわしに、近づけることをしなかった……。

立場こそあれ、一度わしに刃を向けたことも理由にあるが……。

権六に関してはどうしても、父上や弟の家臣であったという思いも残り続けた。

今では、それは大きな間違いだったと思う」

信長はさらにじっと考え、そして言葉を続けた。

「結局、最も京に馳せ参じにくい所に権六を置いてしまった。

今になって考えれば、わしの至らない思いである。

遠くに置いたが、逆に、権六ならば近くに置いても、わしの寝首を掻くようなことは決してなかったと思う。

家臣については、もっと考えるべきこともあった。

今思うと……」

信長は何かを思い直すかのようであった。


信秀はその信長の姿をじっと見つめた。

「なるほどな……」

そう一言だけ発し、勝家に対する信長の差配については、何も言わなかった。


そして、家臣全般のことについてへ、話題を移した。

「吉法や。しかし、家臣への差配はわしよりもお主の方が、明らかに上手じゃったぞ！

わしは家臣を使いこなすというのは苦手で、自らが先に動き回っていたが、吉法や、お主はほんとうに家臣の使い方が上手かったのう！

日ノ本中に自分の家臣を置いて、戦さや政《まつりごと》をしよったわい。

わしなら多分、任せきれんで、自分の身がいくつあっても、もたんじゃったろうや……。

見事な差配じゃったな！」

褒められながらも、信長には浮かれた気持ちは起こらなかった。

「でも最期は、腹心の光秀にやられてしまった……。

父上と同じで、わしも、自分の身を守ることは本当に苦手であった。

ほんの少しだけ、家臣でさえも身を守ることも、考えるべきだった」

「お互いに。そうであるなあ！」

何故か信秀の表情は柔和であった。

笑顔さえ見られた。


そして信秀は、今度は家康のことを話題にした。

「竹千代（徳川家康）と組んだのはよかったな。

わしも竹千代と小さい時に会ったが、物事の順序と礼儀が分かる聡明な子じゃったのう」

それには、信長もすぐに納得した。

「わしもそう思う。

よく鷹狩りにも連れて行ったが、竹千代は好奇心が旺盛で物覚えがよかった。

そして、家康になってからも、昔の義理のこともよく覚えていた。

それに、何故か、わしの戦い方にもずっと興味を持っていたようだ。

おそらく自分にないものをわしから吸収しようとする姿勢がそうさせたのだと思う。

わしが信玄と戦わず、しばらく相手にせずにすんだのも、家康がわしを理解し、頑張ってくれたおかげだった」


信秀も竹千代（家康）のことを評価した。

「そうじゃなあ。

わしが居った時にも、奴はわしの細かい所作までよく見ておったぞ！

ほんに、人から何かを吸収しようという姿勢は、人間を大きく育てるものであるなあ。

これから、日ノ本の歴史においても、家康を中心に動いていくのは間違いがないであろうなあ」

「うん……」

信長も黙って頷いた。


「それにしても……」

信秀は次の話題に移った。

「あの安土城という城には驚いたぞ！　わしも領地にいっぱい城を造って、それを拠点にして動くことは考えたが、あんな立派な城を造るとは……。それは、よく考えたものじゃな！」

信長は、今度は笑みを浮かべた。

「尾張の国は山がないからな。山のように威厳があるものはないものか考えていたら……。最初は小牧山で思いついたのだが、城に石垣を積んで山のように大きく造ったらいいのではないかと思いついたのじゃ。そして造ってみたら、それはみんながびっくりして、効果は絶大だったわ！　そして小牧山の次に、義父（道三）の城を受け継いだ。そしたら、その次は稲葉山（岐阜城）よりも大きな城を造る必要に迫られたのじゃ」

信長の笑顔がいよいよ増した。

「次は何と、山よりも大きな城を造らんといかんようになったのじゃ！　その結果が安土城だったということだ。途方もない労力だったが、こんなにも、やりがいのあることはなかったわ！」

信秀は何度も深く頷き、納得した。

「なるほどな。銭も使い甲斐があるというもんじゃ。

わしも、全く思いもつかなかったが、見事な銭の使い道じゃ！

お主の祖父の信定も大いに喜ばれるじゃろう」

安土城を思い浮かべる二人の顔は生き生きとした晴れやかなものであった。


そして、しばらくは笑顔を浮かべていた信秀であったが、しばらくすると、一転して厳しい表情となった。

そして、また別の話題について語り始めた。

「叡山、一向宗との争いは大変じゃったな……。

お主はわしと違って、納得がいかんことがあると、徹底的にそれに挑んでいくところがあるからなあ。

わしは正直、宗教に関しては、神と仏がおればそれでいいというくらいの考えじゃったがのう……」


それに対して、信長が理詰めで答えた。

「バテレンの宣教師が、神に関して、わしが確かに正しいと思えることと、それは違うと思うことの両方の思想を明確に教えに来た。

神を信じるという純粋な信仰心は、わしにも正しいと思えたが、その信仰を政治的に現実の世界に具現するという宣教師の考えには、どうしても納得できず、わしは反発した。

そうしたら、実は日本の一部の仏教界も、バテレンと同じ政治活動を行っていることに気付き、やけに目についたのじゃ。

わしが政治的に突いてみたら、予想以上にわしに反発の態度をみせて……。

いよいよわしの方も、そのまま捨て置けん存在になっていった」

信長の表情がさらに厳しくなっていった。

「最後はついに、わしの戦さにも関わってくるようになり……。

何とさらに、わしの敵方と手を結ぶようになっていったのじゃ」

信長の顔は完全に憤っていた。


信秀は信長の言うことを、最後までしっかりと聞いた。

それから、ゆっくりと口を開いた。

「なるほどな！

わしの時代には、お主にも伊勢や熱田の神様を大事にせんといかんことは教えたが、それでも、神や仏が大名どうしの戦さに干渉することはなかったからな……。

長島の門徒たちとも、まだ直接の争いはなく、牽制状態じゃった」

「バテレンが入ってきて、日本の宗教の政治活動にも火がついたんじゃろうな……。

確かに、わしが生きておっても、何かの調停をせんといかんじゃったろうな……」

信秀は目を閉じ、深く考え込んだ。

しばらく、信秀はそのまま黙っていた。


しかし信秀は、突然、彼の大きな目を見開き、何か決断をしたかのように、信長にその真意を伝え始めた。

「だがな、吉法！

お主が小さい時にわしが教えたが、ある者やある勢力が自分の敵になることには、かえって反発を強く起こさない方がよいぞ！」


信長は、信秀から教わった次のような言葉を思い出した。

『そうじゃ、歯向かってくることと後で懐いてくることとは同じことじゃ』

『敵も味方も多くてよいのじゃ。敵も味方も同じじゃ』

『そうじゃ、歯向かってきても、後から懐くようにすれば、結局全部（織田）弾正忠家の力になるのじゃ』

などの一連の信秀の言葉である。

信長はそれらの言葉を思い出しているうちに、つい自分の口からも同じ言葉が漏れ出していること
に気がついた。

「『敵も味方も同じ』か……」

そして、その言葉に今、妙に納得する自分がいることに気づいた。

「確かに……。

確かに、父上が言っていたように、敵を倒しても次々と別の敵が現れてきた……。

正直、限《きり》がなかった。

若いときは自分の命を失っては元も子もないと思って、それ（『敵も味方も同じ』）については父上
の言うとおりにはできなかったが、今、ここ（天界）に来て分かったが、敵であれば自分の命を狙っ
てくるのは当たり前で、確かに、そのことに過剰に警戒や反発をし過ぎても、何も得るものがないの
は明らかじゃ……。

俗世では次から次に現れる敵を倒すことに明け暮れてしまった。

最初の頃は、敵を倒し、天下に近づけば自然に敵はなくなっていくと思ったが……」

信長は無念そうに首を振った。

「全然、そのようなものではなかった。

一時、表向きの数は減っても、全く敵が居なくなるようなことはなかった。

しかも……。

最後は、最大の味方であるはずの光秀が、突然敵となってわしの一生は終わった……」

信長はついさっき起こった現実を思い出した。

そして、言葉を繋いだ。

「これも今考えれば、父上が言うように、敵と味方というものは、ある種、同根の性質を持っているということなのだと思う。

当時のわしにはやむを得ない事情はあったが、天下が近づくにつれ、やみくもに敵や寝返った者を殲滅しようとしたが、それは間違っていた。

今になって初めて、父上の『敵も味方も同じ』と言った言葉の大きさが分かる。

確かに父上はあれだけ戦った宿敵の道三とも、突然和議を結び、道三は突如、我が父（義父）ともなった……。

敵であるからあまりに警戒ばかりすることも、逆に味方だからといって安心し過ぎることも、結局同じ過ちを呼びこむことになるのだ……」

信秀は信長の顔をじっと見つめた。
そして柔和な顔で
「ここに来て分かることもあるのう、吉法」
と言った。

信長は信秀に答えながら、自分に言い聞かせるように話を続けた。
「そう！
そして、このことが、最も大事であると今になってはっきりと分かることだが、……」
信長が自身の命を失って、初めて気付いた、かつ最も重要なことについて語り始めた。
「その者がどうこうあることと、その者の命の重さとは別問題だった。
自分の命が奪われて、ここに来て、それが分かった。
どう、その者が考えようとも、生きていこうとも……」
語気を強めて、自分の思いを伝えた。
「命は別だ！」
「生命の価値は、それを超えたものとして存在しているのだ！」
信秀はしばらく何も言わず、じっと信長の言葉を聞いていた。
そして、自分にも言い聞かすように口を開いた。
「なるほど……。
織田信長の宗教者としての悟り……」

最後に、信秀が自身の人生を思い出し、それを信長の人生に重ね合わせてみた。

「わしは目に見えるものはすべて分かっておるつもりじゃった。

そして、それは決して間違いではなかった」

「じゃがな……」

「吉法や、おぬしはわしと違って目に見えないものが見え、そして、とんでもない新しいものを造り出した。

わしにはない才をおぬしは磨いていった。

お主は世の中を変えた。

それは本当に素晴らしかったぞ！」

と、信秀は澄みきった表情で話した。


今度は信長も、自分の人生を信秀の生き方の上に置いてみた。

そして、信秀に告げた。

「父上は本当に何でもよく知っておられた。

父上のように人の気持ちがよく分かり、状況を好転させることのできる力があれば、わしも、もっと上手に立ち振る舞えたと思う」

「それに……」

「わしの造ったもの、安土の城も、華麗な軍隊も、父上には特に必要がないように思える。父上には、そのようなものがなくともよかったのだ。

体ひとつあれば、何でもできるお方なのじゃ！」

そう言われた信秀は、穏やかな表情であった。

そして、

「お主は、お主で、それでいいのじゃ！」

「吉法や、おまえのおかげで、わしまでが後世、歴史に名を遺すことになりそうだわい！

本当に天晴《あっぱ》れな息子じゃ。」

と、改めて信長のことを褒めた。

信長も父のその態度に改めて感心した。

「父上は本当に考えをとにかくよい方向に持っていくお方じゃ……」

信長は、その後は何も言わず、ただ天の果てまでもをじっと眺めていた。

「……」

しばらく二人はお互いの人生を想い、何も語らずにいた。

そして、信秀が沈黙を破った。

「さあ、俗世での修行は終わった。

お互い、数多くの人を殺めてしまったのも事実じゃ。

これからは、少しでも仏に近づくための永い、永い修行が始まるぞ」

それを見て、

「……」

信長も、何も言わず、穏やかに頷いた。

そして、二人はお互いの肩を軽く叩きながら、同じ方向に歩んで行った。

その姿は、天界における、仏に近づくための、それは永い、永い、果てしない修行を積む親子の姿。

一見似ていないようで、実は似ている親子の姿であった。

あとがき

筆者の織田信長を主人公に描いた物語は本著で二作品目である。

前著（『さあ、信長を語ろう！』）では信長の出生から生い立ち、若き日の成長過程を、そして、有名な桶狭間の戦いまでを描き、筆を置いた。

作品の主題は、織田信長という人物の歴史の流れを変える力に着目し、出生から家督を譲り受け、尾張を統一する頃までの若き時代の信長の成長を追いかけ、彼の歴史の流れを変える能力の源泉がどのように生まれ、そして育まれていくのかを探ることであった。

総じて、作品はポジティブに展開し、革命児と言われる織田信長の若き頃の心理状態に迫りながら、桶狭間の戦いの劇勝でそのフィナーレを迎えた。

結果、織田信長という人物の雛型を分析することで、何故信長が歴史を変えるような存在になったのかという源泉に、少し近づくことができたように思える。

織田信長の、生まれ持った資質、尾張という広大な平野で育った環境因、織田信秀という非常にユニークな武将を父に持ったという血統的要因、生まれながらの城主として育てられたという養育に関連する事がら、そしてそれらの要因を基に育まれた性格や、意思決定システム、宗教観、個人的信条などに迫ることができた。

そして本著では、前著の最終稿である桶狭間の戦い以後の、奇才、異才を発揮した織田信長の後半生を追いかけた。

その過程において、前著で描ききれなかった織田信長の人物像、内面について、さらに究明することを目指していった。

その中で筆者は、執筆当初からしばらくの間は、信長をある一定の評価できる人物像へ導いていくことも考えていた。

しかし、その思いはある段階で放棄された。

その理由としてはまず、そのこと（信長を一定の人物像に導くこと）自体が極めて困難な作業だからということもあるが、それ以上に、その作業が、作品の最も重要なテーマである、「織田信長という人物が歴史に影響を与えるダイナミズムの問題」から、かえって遠ざかる面があると気がついたからである。

また、信長を一定の人物として描こうとすると、その思いが史実を若干歪曲したり、信長が歴史に齎《もたら》した負の現実からも、少し目を逸らすことになるのではないかと思ったのも、一つの理由である。

そして、次のことが最も大きな理由であり、同時に指摘しておきたい（信長における）大変重要な現象でもあるが、織田信長の人格が、時代の変遷とともに、比較的短いスパンでも、明らかに変容していることに気づかされたことが大きかった。

例えば、稲葉山城を攻め、そこを斎藤氏から奪い岐阜と命名する頃までの信長には、そこまで性急な性格は伺えず、ある程度は現状を容認しているような、ある程度保守的な人物像さえをも感じることができる。

転じて、本能寺の変前での信長は、魔王やサイコパスという表現が当てはまるような、非人間的な異常人格までを呈しているとまで判断される。

その間の、武田信玄との同盟を模索したり、足利義昭の謀略に対応している頃は、短気ではあるものの、同時に非常に忍耐強い人物像も感じさせる、等である。

総じて、成人以後の信長を一定の人格として描くことには、無理があるとともに、そこに第一義的な意味は見出せないのではないかと感じるようになった。

このようなことから、本著では信長の個性が明らかに歴史に影響を与えたと思われる史実を追って、前著で得られた情報を併せながら、逆に、信長の心理や行動、最終的には人格がどのように変貌を遂げているかについての分析を行っていくスタイルを採ったのである。

そして、各時代の信長がどのように歴史を変えていったのかについて言及した。

このことにより、見えてくるものもあったと思われる。

それには、次に述べるようなものが挙げられる。

まず、現在も織田信長に関しては、様々な人物像で描かれ、多種多様な人物評を受けているが、本著を書きながら、そのことについては、信長の人格が時代の変遷とともに比較的短いスパンでも明らかに変容しているという、今回改めて着目した現象から見れば、ごく自然にあり得る現象であると感じた。

また、前作を描いた時には、織田信長という人物像が一つにまとまりきれないことが、歴史に信長が及ぼす影響力の解明を難しくさせていると考えたが、確かに解明が難しいのは事実であるが、こと織田信長に関しては、むしろ一つに収まらない人物であることこそがより信長の本質に近く、信長が歴史に影響を及ぼし、名を遺した、極めて特筆すべき大きな要因でもあるのではないかと感じるようになった。

織田信長においては、その時においてのみ見られる予想もできない行動も多く、だからこそ、歴史に残る業績も多く残っている。

それらの史実は断片的に残っていることも多いが、こと織田信長に関しては、無理にそれらを合わせて一つの文脈に乗せることはせずに、そのまま個別に分析した方がよいことも多いという思いが強くなった。

一つの文脈ではなく、むしろ断片であった方が、より織田信長の真実に近く、歴史への影響力を現実に援用、応用できる可能性も高まるのではないかと思われたのである。

その結果、総じて信長の行動に関しては、もし断片的な要素であっても、今の「我々が生きているこの世の中の構成やダイナミズムを再編成する」力を十分に持つ可能性があると改めて認識されたのである。

比喩的ではあるが率直に表現すれば、各々の時代の信長の行為が歴史に対して脈を打っているかのような印象である。

また、織田信長という人物像を無理に一つにまとめないことで、信長の負の側面に対しても、大いなる反省を考察し、歴史に副作用を起こさせないような配慮を保つことにもなったと思われる。

本著ではどうしても襲い掛かってくる、織田信長の影の部分にも正面から向かい合わなければならなくなった。

信長という人物の歴史に対する主にポジティブな作用について述べたのが前著であり、前著を踏まえてはいるが、副作用と言ってもよいようなネガティブな側面にも言及したのが本著である。

壮大な歴史というものに、個人が及ぼす影響力というものを考えた場合、織田信長という人物は、正邪（正反）両反応含めて、考慮すべき人物であると考えられたのである。

（個人的な余談で、本著の本質には影響があったかどうかは不明であるが、執筆活動には、影響があり、思いの他、筆の進みは前作に比べて遅く、重いものとなった。）

そして、歴史との関係性の理解も深まった。

述べたように信長は、功罪の評価を併せ持つ人物であるが、これについては、「歴史が変わる」という現象自体が功罪両側面を有していることにまさに即している現象であるとも言える。

歴史の負の側面についても考えさせてくれたものと思われる。


総じて、織田信長という人物は、稀有な人物であり、現代においても私たちが社会にどうチャレンジしていけばよいかということへの指針を（反省を含めて）様々な形で与えてくれることを再認識したのであった。

信長をフィルターとして歴史や人物を見れば、必ずや何らかの歴史的観点を与えてくれる可能性があると思われたのである。


様々な具体的な例も挙げられると思う。

本著に関係することで言えば、織田信長という人物が、家臣や後継者に与えた影響の大きさを考えることも非常に興味深い。

様々な人物像で描かれ、多種多様な人物評を受けている織田信長であるからこそ、家臣や後継者に強い影響を与えた結果も、その人物によって一人一人異なる。

例えば、まず豊臣秀吉であるが、特に晩年の秀吉については、統治者、権力者としての信長、すなわち本著後半での信長に感化され、晩年は秀吉自身が魔王のような統治者になっていったと思われる。

徳川家康に関しては、幼少期に人質となったまだ竹千代であった頃に、直に信長と出会ったこともあり、前著で描いた、若き頃の信長の影響を強く受けていると思われる。

桶狭間の戦いで信長の劇勝に興奮する家康の姿を象徴的に描いたが、野戦での強さ、リーダーシップ、情報戦を手繰り寄せる手法など、生来の家康の慎重な性格とは異なる長所を学習的に身につけたものと思われる。

そして、人格の変容が激しい、本著全般にわたっての信長から影響を受けた人物は誰かということを考えてみたが、その結果、当初は自分でも考えていなかった人物にたどり着いた。

それは、意外にも、明智光秀が最も深く、信長の人格構造や行動パターンに興味を抱き、影響を受け、自身に採り入れているのではないかという印象を持ったのであった。

光秀の人物評としては、基本的には苦労人でもあり、領民からは尊崇され、愛妻家でもあった等との評価を受けている。

一方、信長の家臣になってからであるが、それとは別の人物像が現れるようになる。

もちろん信長からの強い指示があった為ではあると思われるが、比叡山延暦寺の焼き討ちの命に従い、武功を上げている。

信長の敵となった松永久秀や荒木村重とも戦った。

天皇を前に織田軍の軍威を示す「馬揃え」の責任者としても働いた。

とにかく、信長と共同、協調しての軍事行動が目だっている。

将軍足利義昭に一時最も仕えたが、上洛後は信長に主君を変え、そして後年には将軍の居る京の都に火をつけ、義昭を恐怖に突き放す行為までもが見られた。

最初にあげた光秀の人格者の面だけでは捉えられない、信長と最も同化した軍人、武将としての光秀の姿である。

京の都の人々から見れば、光秀もまた信長同様、「これまでの時代には居ない、何をするか予想もつかない、恐い人」であったようである。

その内面においてもルイス・フロイスは光秀を評して、「裏切りや密会を好む」「刑を科するに残酷」「計略と策略の達人」などと極めて信長に酷似した性格、内面性を指摘している。

そして究極的には、突如本能寺の変で見せた機先を制する迅速な動きも、全く他人には真似のできない、信長的な行動であると言えるのではないだろうか。

光秀もまた信長同様、これらの行動や人格の変容、変貌を見てみると、とても一つの人格、文脈にはおさまりきれない人物なのである。

このような思いもあることから、本著の最終章は、信長という人物から多々なる影響を受けたと思われる光秀に本能寺の変以後の短期間、信長のバトンを渡す形で、光秀の心理、行動の分析を行い、彼の終焉とともに最終章の筆を置いた。

光秀を語ることが信長を語ることに合わさっていく。そう語っていくことで、信長の心中にさらに深く入っていくことができるのではないかと感じたからである。

以上、前著、本著あわせて織田信長という人物に対する考察を行ってきた。

改めて感じることは、織田信長という人物は、歴史の流れを大きく変えたのは間違いがなく、現代においても私たちが社会にどうチャレンジしていけばよいかということへの指針を様々な形で（反省を含めて）与えてくれる人物であるということである。

信長を通じて歴史を考えることが真に意義深いことであることを改めて強く認識するばかりである。

今後も織田信長に関する驚くような史実の発見、分析も見られることも期待される。それらを是非見逃さず、私たちの社会に役立て、歴史の究明に繋げていきたいものである。

最後のまとめの時間が迫ってきた。

述べたように、断片的な性質を持つ信長でもあるので、まとめとして、なかなか端的に述べることは難しい。

それを、敢えてこの本のタイトルに合うように、極めて表現すれば……。

それは、「織田信長はまさに歴史的人物である」ということに尽きるのではないかということである。

信長という人物を極めていくことにより、我々の歴史自体の見方も深まり、その見方自体をも極めていく方向に導いてくれると思えるのである。

まさに、織田信長を考えることは、歴史そのものを考えるに等しいというほどの意義があるように思えるのである。

謝辞

初作『さあ、信長を語ろう』から、『太子と馬子の国』『元祖日本のリーダー　足利尊氏』へと、歴史の大きな流れを俯瞰する観点から、三つの時代の作品群を描かせていただき、さらに今回、初作の続編である本著の出版に関しても御理解と御支援をいただいた郁朋社・佐藤聡編集長に、心より感謝の意をお伝え申しあげます。

筆者註／本作品は史実を基本にはしていますが、物語の展開、登場人物の会話などの構成において、著者の構想により創作された作品となっています。

【著者略歴】

天美　大河（あまみ　たいが）

精神科医師、医学博士。

精神心理学および思想学的な観点から、歴史的偉人の活躍を蘇らせる創作活動を行っている。

著書「さあ、信長を語ろう！」（郁朋社）

「太子と馬子の国」（郁朋社）

「元祖日本のリーダー　足利尊氏」（郁朋社）

そして、信長《のぶなが》を極《きわ》めよう！

2021 年 10 月 26 日　第 1 刷発行

著　者 ── 天美《あまみ》 大河《たいが》

発行者 ── 佐藤　聡

発行所 ── 株式会社 郁朋社《いくほうしゃ》

〒 101-0061　東京都千代田区神田三崎町 2-20-4

電　話　03（3234）8923（代表）

FAX　03（3234）3948

振　替　00160-5-100328

印刷･製本 ── 日本ハイコム株式会社

郁朋社ホームページアドレス　http://www.ikuhousha.com

この本に関するご意見・ご感想をメールでお寄せいただく際は、

comment@ikuhousha.com までお願い致します。

ISBN978-4-87302-743-2 C0095